常春藤诗丛

武汉大学卷

李少君 主编

汪剑钊 著

汪剑钊诗选

陕西新华出版传媒集团

太白文艺出版社

图书在版编目（ＣＩＰ）数据

汪剑钊诗选 / 汪剑钊著. -- 西安：太白文艺出版社，2019.1
（常春藤诗丛. 武汉大学卷）
ISBN 978-7-5513-1581-4

Ⅰ. ①汪… Ⅱ. ①汪… Ⅲ. ①诗集－中国－当代 Ⅳ. ① I227

中国版本图书馆 CIP 数据核字（2018）第 294772 号

汪 剑 钊 诗 选
WANG JIANZHAO SHIXUAN

作　　者　　汪剑钊
责任编辑　　申亚妮　蒋成龙
封面设计　　不绿不蓝　杨西霞
版式设计　　刘戈
出版发行　　陕西新华出版传媒集团
　　　　　　太 白 文 艺 出 版 社
经　　销　　新华书店
印　　刷　　北京彩虹伟业印刷有限公司
开　　本　　787 毫米×1092 毫米　1/32
字　　数　　119 千
印　　张　　7.75
版　　次　　2019 年 1 月第 1 版
书　　号　　978-7-5513-1581-4
定　　价　　45.00 元

珞珈山与珞珈诗派
——《常春藤诗丛·武汉大学卷》序言

一所大学能拥有一座山，已属罕见；而这座山在莘莘学子心目中拥有不可替代的崇高地位，在当代中国也是少有；并且，这座山还被誉为诗意盎然的现代诗山，就堪称是唯一的了。在这里，我说的就是武汉大学所在地珞珈山。

前段时间，我在网上看到一篇报道，是武汉大学北京校友会会长、著名企业家陈东升在校友会上的发言。他说："珞珈山是我心中的圣山，武汉大学是我心中的圣殿，我就是一个虔诚的信徒和使者。"把母校如此神圣化，让人震撼，也让人感动，更充分说明了珞珈山的魅力。

武汉大学每年春天举办一次面向全国乃至世界在校大学生的樱花诗会。有一年，作为樱花诗会的嘉宾，我也说过类似的话："站在这里，我首先要对珞珈山致敬。这是一座神圣的现代诗山，'珞珈'二字就是闻一多先生给它的一个诗意命名。从此,珞珈山上,诗意源源不断,诗情绵绵不绝,诗人层出不穷。"

因此,关于珞珈山,我概括了这样一句话:珞珈山是"诗意的发源地,诗情的发生地,诗人的出生地"。在这里,我想对此略加阐释。

第一,关于"诗意的发源地"。关于诗歌的定义,有这么一个说法一直深得我心:诗歌是自由的美的象征。而美学界早就有过这样的论述:美是自由的象征。在武汉大学,很早就有过关于珞珈山上武汉大学的特点的讨论。不少人认为,第一就是自由。即开放的讨论,自由的风气,积极进取的精神。早在20世纪80年代,武汉大学就被认为是中国高校改革的试验区,学分制、转学制、双学位制、作家班制、插班生制等制度改革影响至今。关于自由的概念争议很大,但我同意这样的看法,人所取得的一切在某种程度上是其自由创造的结果。2018年是改革开放四十年,中国目前所取得的成就,可以说是中国人民四十年来自由创造所取得的成果。珞珈山诗人王家新曾说,现在的一切,是20世纪80年代精神的成就和产物。这样一种积极自由的努力,在珞珈山上随处可见,这也是武汉大学创造过众多国内第一的原因。包括珞珈诗派，在国内高校中，也是第一个提出诗派概念的。所以，武汉大学是诗意的发源地，因为这里也是自由的家园。

第二，关于"诗情的发生地"。武汉大学校园风景之美中国公认，世界罕见。这样的地方，会勾起人们对大自然天然的热爱，对美的热爱，这是一种天生的诗歌的情感。而在这样美好的地方生活、学习和工作的人，比一般人就敏感，也更随性随意，这是一种诗意的生活方式。樱园、桂园、桃园、梅园、枫园，校园里每个地方每个季节都触发人的情感，诗歌就是"触景生情，睹物思人"，因此，珞珈山是"诗情的发生地"。在这里，各种情感的发生毫不奇怪，比如很多人开玩笑说武汉大学出来的学生，比较"好色"，好山色水色、春色秋色，还有暮色月色，以及云霞瑰丽、天空碧蓝等。情感也比一般人丰富，对美的敏感度远高于其他高校学生。而比起那些一直生活在灰色都市里的人，珞珈山人的情感也好，故事也好，显然要多很多。

第三，关于"诗人的出生地"。意思是在珞珈山，因为环境的自由，风景的美丽，很容易成为一位诗人，而成为诗人后，必定会有某种自觉性。自觉地，然后是努力地去成为更纯粹的诗人，以诗人的方式创造生活。当然，这并不是说珞珈山出来的人都会成为诗人，而是说受过珞珈山的百年学府文化影响和湖光山色陶冶的学子，都会有一颗纯净的诗心，执着于自己的追求；会有一种蓬勃的诗兴，充满激情地为自己的事业而奋斗。陈东升说，珞珈山出来的人，天性气质"质朴而浪漫"，这就是一种诗性气质。珞珈人具有天然的诗性气质，也是珞珈人特有的一种气质，它体现为一种精神：质朴，故能执着；浪漫，所以超越。

说到珞珈山的诗人，几乎都有单纯而质朴的直觉。王家新算得上珞珈山诗人中的大"诗兄"，他是"文革"后第一代大学生，又参与过第一本全国性大学生刊物《这一代》的创办。《这一代》是由王家新、高伐林与北京大学陈建功、黄子平，吉林大学徐敬亚、王小妮，湖南师大韩少功，中山大学苏炜等发起的，曾经轰动一时。后来王家新因出名较早，经常被划入"朦胧诗派"，他的写作、翻译影响了好几个时代，他现在在中国人民大学文学院当教授、带博士生，一直活跃在当代诗坛。家新兄大名鼎鼎，但写的诗却仍保持非常纯粹的初始感觉，让人耳目一新，比如他的《黎明时分的诗》，全诗如下：

黎明

一只在海滩上静静伫立的小野兔

像是在沉思

听见有人来

还侧身向我打量了一下

然后一纵身

消失在身后的草甸中

那两只机敏的大耳朵

那闪电般的一跃

真对不起

看来它的一生

不只是忙于搬运食粮

它也有从黑暗的庄稼地里出来

眺望黎明的第一道光线的时候

我总觉得这只兔子是珞珈山上的，其实就是诗人本身，保持着对生活、对美和大自然的一种敏感。这种敏感，源于还没被世俗污染的初心，也就是"童心"和"赤子之心"，只有这样纯粹的心灵，才会有细腻细致的感觉，感觉到和发现大自然的种种美妙。王家新虽然常常被称为知识分子写作，但他始终没被烦冗的修辞技术淹没内心的纯真敏锐。按敬文东的说法，王家新是"用心写作"而不是"用脑写作"的。

无独有偶，比王家新年轻十来岁的邱华栋也写过一只小动物松鼠。邱华栋少年时就是诗人，因为创作成绩突出被保送到武汉大学，后来主攻小说，如今是鲁迅文学院常务副院长。邱华栋的诗歌不同于他的小说，他的小说是他人生经历和阅读学习的转化，乃至他大块头体型的体现。他的小说庞杂，包罗万象，广度深度兼具，有一种粗犷的豪放的躁动风格。而他的诗歌，是散发着微妙和细腻的气息的，本质是安静的，是回到寂静的深处，构建一个纯粹之境，然后由这纯粹之境出发，用心细致体会大自然和人生的真谛。很多诗句，可以说是华栋用自己的思想感受和身体感觉提炼而成的精华。比如他有一首题为《京东偏北，空港城，一只松鼠》的诗歌，特别有代表性，堪称这类风格的典范。全诗如下：

朝露凝结于草坪，我散步

8

一只松鼠意外经过
这样的偶遇并不多见

在飞机的航道下，轰鸣是巨大的雨
甲虫都纷纷发疯
乌鸦逃窜，并且被飞机的阴影遮蔽
蚱蜢不再歌唱，蚂蚁在纷乱地逃窜

所以，一只松鼠的出现
顿时使我的眼睛发亮
我看见它快速地挠头，双眼机警
跳跃，或者突然在半空停止
显现了一种突出的活力

而大地上到处都是人
这使我担心，哪里使它可以安身？
沥青已经代替了泥土，我们也代替了它们

而人工林那么幼小，还没有确定的树荫
我不知道我的前途，和它的命运

谁更好些？谁更该怜悯谁？

　　热闹非凡的繁华都市，熙熙攘攘人来人往的空港，已是文坛一腕的邱华栋，心底却在关心着一只不起眼的松鼠的命运，它偶尔现身于幼小的人工林中的草坪上，就被邱华栋一眼发现了。邱华栋由此开始牵挂其命运，到处是水泥工地，到处是人流杂沓，一只松鼠，该如何生存？邱华栋甚至联想到自己，在时代的洪流中，在命运的巨兽爪下，如何安身立命？这一似乎微小的问题，既是诗人对自己命运的追问，其实也是一个世纪的"天问"。文学和诗歌，不管外表如何光鲜亮丽，本质上仍是个人性的。在时代的大潮中，诗歌可能经常被边缘化，无处安身，实际上也不过是一只小松鼠，弱小得无能为力，但有自己的活力和生命力，并且这小生命有时会焕发巨大的能量。这只松鼠，何尝不也是诗人的一种写照？

　　一只兔子，一只松鼠，这两只小动物，其实可以看成珞珈山诗人在不同场景中的一个隐喻。前一个是置身自然，对美的敏感；后一个是身处都市，对生活和社会的敏感。这两只小动物，其实就是诗人自身的形象显现。

　　其他珞珈山的诗人也多有这一特点，比如这套诗丛里的汪剑钊、车延高、邱华栋、黄斌、阎志、远洋、张宗子、洪烛、李浔等，每个人都有自己对于美、生活和社会的敏感点，可见地域或背景对诗人的影响是自然的也是必然的。凡在青山绿水间成长的诗人，总是有一种明晰性，就像一株草、一朵花或一棵树，抑或晨曦的第一缕光、凌晨的第一声鸟鸣或天空飘过的一朵白云，总是清晰地呈现出来，不像那种雾霾都市昏暗书斋的诗歌，自己都不知道自己在发泄和表达些什么，总是晦暗和艰涩的。

当然，珞珈诗人的特点不限于敏感，虽然敏感是诗人的第一要素。他们还有着很多的其他的特点：自由、开放，具有理想的情怀、浪漫的色彩和包容的气度，充满想象力和创造力。这一切，也是珞珈山赋予他们的。自由，是珞珈山的诗意传统和无比开阔的空间，给了珞珈诗人在地理上、精神上和历史的天空翱翔的自由；开放包容，是武汉大学特有的居于中央贯通东西南北的地理位置，让珞珈诗人有了大视野、大格局；珞珈山那么美，东湖那么大，更是珞珈诗人想象力的根基，也是珞珈诗人浪漫和诗情的来源，而最终，这些都会转化为一种大气象、大胸襟和创造力。所以，珞珈诗人的包容性都是比较强的，古今中外兼容并蓄，没有拘谨地禁锢于某一类。所以，除了诗人，珞珈山还盛产美学家、诗歌评论家和翻译家，他们也都写诗。整座珞珈山，散发着一种诗歌气质和艺术气息。

　　总之，珞珈诗派的诗歌追求，在我看来，首先，是有着一种诗歌的自由精神，一种诗歌的敏锐灵性与飞扬的想象力；其次，是其开放性与包容性，能够融汇古今中外，不偏颇任何题材形式；最后，是对诗歌美学品质的坚持，始终保持一种美学高度，或者说"珞珈标准"，那就是既重情感又重思辨，既典雅精致又平实稳重，既朴素无华又立意高远。现实性与超越性融合，是一种感性、独特而又有扎实修辞风格的美学创造。

李少君

2018 年 10 月

诗人何为，或我的几点诗歌观
自序

诗人何为？诗人所为就是在人间完成上帝未竟的事情，通过语言之水洗去尘世的污迹，让人逐步摆脱他（她）的动物性，走向完美的人性。在此意义上，诗歌就是衡量人性的一种终极性的尺度。换句话说，诗就是要让人"活得像个人样"。

时下甚嚣尘上的所谓"诗歌的困境"或"诗歌的危机"实际是一个假问题。诗歌从来就不存在什么"困境"，更没有什么"危机"。这个问题的真相是，持此论者把自己的困境放大到整个民族，乃至整个人类的身上。所谓"困境"与"危机"只是个体的事情，存在的只是每个人自身的难题，比如他（她）在物质与精神的天平上做何种取舍，他（她）选择什么样的形式表达，他（她）的写作是否能被人们认可，自己是否能够坚持。凡此种种，实际是每个进入诗歌（无论是阅读还是写作）的人所面临的一座座障碍。他（她）每克服一个障碍，就意味着身上的人性得到了某种丰富。

诗歌不能养家糊口，这是一个现实。不过，这并不说明诗歌是可有可无的东西。恰恰是它的这种非功利性的特征，保证了诗歌高贵的品质。它又是衡量人性的尺度，一旦丢弃，人或许将由高级动物向低级动物滑落，千万年的进化将变成一个笑话。当然，只要这世界上还有人类存在，诗歌绝不会消失。而谁如果以为诗歌说丢弃就会被丢弃，它会在世界末日之前消失，那就更是一个天大的笑话了。

高尔泰先生认为，美是自由的象征。借用他的这个说法，我认为，诗歌是美最好的归宿。

从某种意义上讲，目前，中国新诗正处在一个"诗经"的时代。坦率地说，就诗歌艺术而言，《诗经》所收纳的305首作品，尽管曾经孔老夫子甄别和删削，却绝非每篇俱是佳作。剔除《关雎》《静女》《蒹葭》《鹤鸣》《遵大路》等十余首，其余大多为历史价值大于艺术价值的作品。即便如此，《诗经》仍然是中国古典诗歌一个伟大的开始，而倘若没有这样的开始，期望出现唐诗那样的繁荣是不可想象的。中国新诗由文言文转向白话文不过百年的历史，却已经积累了不少可堪评说的成果，同时也毋庸讳言，它迄今还存在着诸多的不成熟。但是，这种种的"不成熟"恰恰为这个同样伟大的开始从另一侧面做出了确凿的证明。因此，我要说，如果在未来的某一天，中国新诗进抵繁荣的"唐诗"时代，它必须感谢今天从事新诗写作的每一位"诗经"作者。

汪剑钊

2018 年

目录

白太阳

白色的太阳
褪尽金色的羽毛
世界屏住了呼吸
期待一个神秘的仪式
天空不再是一张幕布
从背景走到前台

渺无人迹的雪原
谁遗落下一枚红果
一枚散发着腥味的红果
眩晕是此刻最真实的感觉
时间失却飞动的箭矢

想象之鸟无法飞抵奇迹栖息的高度
雪人似的女孩翩然而至

舞动宽大的绿袖

雪的反光轻轻托起红果

悠悠然上升

红月亮　红月亮

黑夜里孤独的玫瑰

白太阳最后一根羽毛

最末一次燃烧

1997 年 1 月 4 日

愤怒的柔情

血液在蓝色的脉管里疯狂地嚎叫
骨头在皮肤里拥挤地错动

愤怒是一种温柔的情感
水莲花似的开放
白色是暗夜的花边
杂草丛生的胸畔
一次嚎叫是一次抒情
一次抒情是一次死亡
小河漠然如哑女
依旧默默地流淌
无力的愤怒
化作细细碎碎的浮萍
在力的中心旋转
周围的宁静蕴含冰冷的讥笑

栀子花的气息

弥漫整个村庄

高傲里潜伏着无奈

跟我走吧

哦　不

一个休止音符定格在空中

水最终战胜了火

拳头是软弱的

击不碎长发编织的渔网

愤怒的浮萍在无奈地徘徊

平静的水面漂泊一支时断时续的哀歌

这是行将迸裂的脉管之歌

血液在脉管里悲痛地控诉

碎裂的骨头渴望着翻越皮肤的牢笼

1997 年 1 月 5 日

隧道

狭长而幽暗的隧道张开黑色的秘密

如同张开一朵黑色的花

开放黑色的诱惑

挑逗黑色的欲望

天地间一切纳入隧道的旅行在黑色的隧道里旅行

穿越丛林的鲁莽穿越鲜花的暧昧

穿越坚硬的水穿越温润的岩石

穿越时间的琐碎穿越空间的邈远

穿越茫茫宇宙穿越生命与死亡的临界

让肉体经受磨难

让快乐直抵灵魂的深处

一首情歌的诞生

不免借助色欲的幻想

弥补爱的空缺

每一个人每一件物

都构成一道风景一种神圣的记忆

黑色隧道深不可测像一个黑色的旋涡

吞噬黑色以外的一切

让存在消解为虚无

让虚无上升为存在

主体被客体的荆棘缠绕

具体被抽象剥离到裸体

打破丰满的幻象

袒露瘦骨嶙峋的真实

黑色的记忆来自你

其实又与你无关

你一辈子能做的事只是旅行

在黑色的隧道里旅行

在交叉错综陷阱密布的隧道里旅行

隧道满足你的七情六欲

隧道成就你抚爱你又蹂躏你毁灭你

激发你的初恋催生你最后的仇恨

在深刻的遗忘里扭动自由的意志

在占有的辉煌里挥霍多余的灵感

隧道是你生命的出口也是你死亡的入口

隧道张开黑色的秘密

随时有闭拢的危险

在一辈子的旅行中破译这个秘密

最终绝望地发现不过是徒劳

尽管你厌倦了丰富而单调的旅行

依然走不出迷宫似的黑色隧道

黑色隧道像一条软蛇似的箍紧你

将你的内心绞空如同隧道一般狭长而幽暗

我知道你我的命运殊途同归

不如共同去旅行做一次黑色的游戏

编织一个秘密让隧道去破译

肉体沉睡而灵魂在舞蹈

在漫长的禁欲之后来一次彻底的放纵

挑拨秘密与秘密做你死我活的决斗

一种邪恶的亢奋植物似的在生长

渴望一滴泪水黑色的液体

滑入黑色的隧道

播种天人合一飘飘然的幻觉

1997 年 1 月 12 日

月光下的乌鸦

这座大楼比棺材更幽闭
一小步的错失
从生命的走廊踏进死亡的广场
女巫在喑哑的花丛里狞笑
睡着的是眼睛醒着的是心脏

写作中的我
像一只月光下的乌鸦
尖喙轻叩白纸
不祥的尾巴划过斑驳的墙壁
洞开一扇窄门
任凭想象的肉体自由进出

牙齿老去舌头依然健在
祖父的亡灵低声告诉我

关于坟墓中迷人的游戏
牙齿与舌头一辈子的争斗
柔软磨蚀了坚硬

我面前的这张纸
透显大片神秘的空白
一个单词的降临
宣示人间莫名的奇迹

我知道我最终将老去
如同死去的乌鸦
闻不到蔷薇的芳香
散落的羽毛是零乱的叹息

大楼在晨曦初绽的片刻轰然倒塌
传说里的蝴蝶并未出现
写作中的我不动声色
仿佛一切出自我的阴谋
羽毛斜插在月光缺席的地方

1997 年 2 月 22 日

在公共汽车上

我离开讲授古希腊神话的教室
从荷马密集的诗行里钻出来
在 345 路公共汽车上
我被一名乡村少女的美所打动
海伦我们再度相遇
为了你淡紫色的存在
值得重开一场十年的战争
我在澄明如溪水的眼睛里寻找
森林寻找潘神的那一管长笛
而周围猩红色的唇膏和
掺和着狐臭味的香水
模糊了我的视线
伴随一声紧急刹车
我幻想的场景碎玻璃似的
纷

纷

坠

落

希腊的海伦　德伯维尔家的苔丝

你曾经遗世独立的美人

在驶向城市的公共汽车上

已经感染了机械时代的病菌

吹气若兰的红唇

倾吐市场经济的爱情

欲望如同通货膨胀的纸币

1997 年 5 月 18 日

西递的新娘

你远离都市的尘嚣
伫立在字迹斑驳的村碑前
西递是五月黄莺的啼啭
勾连起对古黟的怀念

穿越清廉与革命的牌坊
踟蹰于水蛇形的村巷
你缅怀祖宗昔日的辉煌
内心溢满原始的诗意
为一种氛围所陶醉
西递如同浣衣少女的山歌

那只抛掷了几千年的绣球
裹挟封建与资本的合力

砸向猝不及防的你

众人发出艳羡的欢呼

生就窥淫癖的眼睛

吞噬着你纯洁的梦幻

你拥着美丽新娘的刹那

恶心存在主义的恶心袭来

关于绣楼里的交易

你唯一的选择是沉默

和局外人略带痴呆的微笑

啊浣衣少女轻声哼唱的西递

西递东水清冽西流的西递

不知秦汉无论魏晋的西递

你桃花掩面的新娘

金耳环银手镯的新娘

在无意中丢失了

返回桃花源的入口

没有人察觉你六月的感伤

唯独西递泣血的声音

流荡在邈远的天空

1997 年 6 月 14 日

命运从相反方向疾奔而来

生活的真实永远高于理念

命运习惯于

从相反方向疾奔而来

分手多年的恋人

在无名的火车站不期而遇

君子兰代替玫瑰花迎风舞蹈

孩子的笑容初恋一般纯洁

高音喇叭正播送马斯涅的《沉思》

黛依丝厌倦了神女的生涯

脱离滚滚红尘皈依上帝

修士阿纳塔尔不堪情欲的折磨

在郁金香燃烧的迷宫里彷徨

埃及的沙漠遍布流浪者的磷火

法老的陵墓毗邻奴隶的沟坑

窃情者与盗墓贼相互勾结

在生与死的临界点各取所需

在错位的哲学时空里

响起司芬克斯冷冰冰的问题

命运像五条腿的疯狗

从相反的方向疾奔而来

扑向窥伺已久的目标

古堡深处的檀香木床上

正在做爱的是丧失爱情的

一对中年男女

而一则宣传香皂的广告

如同混入精美诗行中的病句

截断性幻想的高潮

1997 年 11 月 28 日

17

雪花在黑夜里腐烂

风的声音裹挟沦陷北方的我
枯叶如同溃散的败兵走投无路
我与孤灯并肩共读卡蒙斯的遗作
葡萄牙古语诡秘一如天书
我伸出汉语的手指
触摸诗歌的根须
寂寞像板结的土地坚硬异常
生存的艰难已经潜入语言
我放弃词语组合的游戏
想念白昼邂逅的美人
揣摩在彬彬有礼举动下的暗示
表白无疑是一次鲁莽的冒险
或许是爱情的路标
或许是友谊的墓碑
连上帝也无法妄加裁定

在沉默中品味忧伤的甜蜜

不见创伤的疼痛给人受虐的快感

而雪花正在黑夜里腐烂

无耻的黑正在吞噬最后的白

哦　美貌是一种剧毒

比见血封喉的箭毒木更为深入人心

1997 年 11 月 30 日

写作的秘密

精神在虚构的巡洋舰上
举行一次祈祷的仪式
沿着每个词的腰腹
轻轻抚摸语言的罗盘

尤利西斯的海面
白帆仿佛灰色的航海日志
风暴的中心
栖息着最静止的声音

月亮吸纳水的魂魄
呈现透明的神秘
海鸥张开寂寞的翅膀
鼓动蓝色的气流

远岛茂密的橄榄树
摇曳成引航的一盏盏绿灯
恍惚间终点近在咫尺
海啸的拥抱中断了航行

英雄的铁锚如同
灯芯草一样被吞没
贫穷的美人鱼一声叹息
收留溺水的黑肤青年

1997 年 12 月 6 日

波莱罗舞曲

子夜的波莱罗舞曲如同飞鸟的羽毛

轻柔地拂过我的耳根

西班牙女郎的碎玉裙角

抛掷一个个优美的象形文字

镌刻

在清脆的芭蕉叶上

三拍子的波浪踩着交叉步

涌入蓝色的高脚杯

浸泡倦游归来的红珊瑚

成双作对的贝壳

挥舞着锃亮的头盔

在云沫般飘动的音乐网中

摇摆起纤瘦的身躯

黑黢黢的帐篷收敛起羞涩的花瓣

以最隐蔽的方式阐述

沙滩的欲望

和海水的真理

星星的呼吸点燃白色的火焰

我十指箕张

描摹季风的形状

狂吻虚无那礁石般起伏的脉搏

1997 年 12 月 9 日

十二月的来客

一

乌黑的夜融化成蔚蓝色的空气
穿过月亮的耳朵
若即若离地引诱子夜的灯

二

一棵剃光了脑袋的槭树
仿佛上帝残存的一根肋骨
在嶙峋的寒风中伫立
打着寒战思念脱落了的肌肤

三

马路的两侧不断闪过
暗绿色的邮筒
它们勉力鼓起的肚子
期待着情感的残渣

四

烙刻着黥印的诗人
沿着哲学的歧路向西行走
流浪了整整七个昼夜
发现家永远在背后

五

皑皑的大雪
在乞丐牙关咬不住的哆嗦中

褪成比世界更宽广的黑色

六

天使堕落的一刹那
星星飘飞得比羽毛更轻盈

七

弹钢琴的哑巴女人
被音乐课的海藻
缠住了蔚蓝色的灵魂
每天去零售白色的肉体
赎取黑色的琴键
啊　声音是如此地诱人

八

正前方有墓地灿烂地开放
恰似世纪末的鲜花
不由得诧异
北风呼啸时罕见的宁静

九

在寒风拂过面颊的时候
黄色的标签
穿过不透明的空气
粘贴起绛紫色的棉袍

十

电脑屏幕呈现模拟的夜空
你在变幻线上寻找落脚的空隙

十一

钢轨插入柔软的建筑群
旅途无限地延伸
倦游的浪子在误点的火车上
回忆离开故乡的瞬间

十二

一夜风流的情人去向不明
白色的月亮仿佛狂欢的气球
轻浮地飘荡在树梢
牵线人的手掌布满彩色的玻璃碴儿

十三

被剧毒的常春藤缠绕
神经错乱的梵高

哼起了里尔克的《杜依诺哀歌》

十四

十二月的末梢
如何辨认
谁是旷野上的来客

十五

踮起脚尖
你是否能听见雪花的声音

1998 年 1 月 10 日

我在你的诞生中诞生

生活不再是公式叠加的算术

数字化的关系卸除了抽象的外壳

融解成琐细的单词

等待造句的灵感

婚姻磁场的两极受到另一种磁力的吸引

掉转按照惯性行驶的方向

停泊在中关村的小岛上

你嘹亮的啼哭仿佛透明的萨克斯管

呼唤洞穿花岗岩的仁慈

从你的身上我寻找

儿时遗留的各种习性

见到你孤独无助的模样

温柔像羽毛初丰的翅膀一般

在僵硬已久的两肋下生长

你眼睛纯洁无邪的流转

荡漾神秘的水波

比地球的自转更为生动

你嘴唇的翕动

诉说非人间的语言

发送携自天堂的密码

不出声的微笑是你与这个世界的

第一次交流

把你的小手给我

让它安谧地躺在我的掌心

啊，当天空被一张黑幕遮蔽以后

请让我像深夜的守林人

呵护你比树叶更繁茂的星光梦

我沉睡已久的灵魂冲破

茧壳包裹的肉体

呼唤六翼天使的来临

女儿，我前程未卜的女儿

我在你的诞生中诞生

1998 年 5 月 8 日

黑天鹅

椎间盘突出的喀山大街尽头
隐约闪现的路灯像散漫的野鸭子
在漫漫无边的夜雾中漂浮
乞丐贵族把破烂的皮靴夹在腋下
潜入伦理学打制的道具箱
想象自己是英俊的王子西格弗里德
为纯情的背叛寻找毛茸茸的借口
啊　黑天鹅浪迹天空的黑玫瑰
你经历几番生死的足尖
又踩动哪一根敏感的琴弦
你昂起修长的颈项
眺望哪一块绿洲
你丰满的胸膛蕴含什么样的本能
在爱情的三角或多角竞争里
陪伴你一生的劣势

正如无法褪去的胎记

总给你难堪与苦涩的记忆

种族的歧视像苔藓一般爬满

宗教裁判官乜斜着的眼角

啊　从禽兽中脱颖而出的人类

在权力欲严密的三段式推理中

随意演绎黑天鹅金子的激情

可怜的奥吉塔　你的妹妹或姐姐

在天鹅营的轮盘赌中

像掷出的骰子滴溜溜旋转

无论是白色的哀鸣还是黑色的舞蹈

顷刻间都成为祭品

啊　奥吉莉娅妹妹或姐姐

天鹅的芭蕾脚尖在彼得堡的心脏上旋转

羽毛一样的眼泪在翅膀下飘飞

流经柴可夫斯基行板如歌的运河

音乐的湖泊感伤地暴涨

淹没玛林斯基剧院枯涸已久的厢座

1998 年 12 月 12 日

在加契纳与娜斯嘉谈论丁香与梅花

加契纳肥沃的黑土地上

紫色的丁香花在开放

东方系的大学生娜斯嘉

亭亭玉立折射出银湖的光彩

金色的发辫沾染有丁香的芬芳

我告诉她唐诗的瑰丽宋词的幽香

还有那著名的梅花

她说她知道并读过全本的金瓶梅

她惊讶中国历史的漫长

性革命的历史也有那么古老

她结结巴巴说着我的母语

口音中略带南方少女的生涩

举手投足分明出自蒲松龄的《聊斋》

她的友谊有狐狸的爱情气息

碧眼隆鼻酷似美丽的女鬼

在愉快的交谈中我走神片刻

沿着语言的通道返回故乡

不由得回忆起

在母语中呼吸的少女

和南方温湿的泥土

不再说梅花不再谈高洁的化身

只是手指一枝加契纳的丁香

告诉她在雨巷中踌躇的诗人

抄袭南唐中主李璟缠绵的空结

1999 年 5 月 16 日

柯马罗沃^①的月亮

八月，我告别缪斯钟情的城市

寻找柯马罗沃诗歌的月亮

电气火车像一匹识途的老马

蹒跚在通往柯马罗沃的道路上

黑压压的人群像原野上盛开的勿忘我

像伊斯兰的信徒向往神圣的麦加

途经白岛我勉力回忆伊拉描述的路线

率直的松林遮掩着浅浅的水池

松鼠笨拙地追扑红嘴绿胸的鸟儿

矢车菊无拘无束地开放

采蘑菇的老者再次指点我彼得堡的骄傲

诗歌史的常识告诉我

聆听过但丁口授的秘密

———————————

① 柯马罗沃：圣彼得堡附近的一个小镇，阿赫玛托娃生命中最后五年时光（1961—1966）的见证者和永远的安息地。

36

阿赫玛托娃注定要下地狱

我见过她在野狗俱乐部里纵情跳舞

和枫丹卡河畔屈辱而幸福的秘密写作

一部没有主人公的叙事诗

在圣徒们双手合十齐声赞美的时刻

低低的叹息便足以成为当代英雄

十字架上的泪水彰显一位母亲的高贵

1999 年 8 月 22 日

观念艺术

现代之后的老屋

被迫拆迁

二十世纪最后一次清仓

杂耍一般

挥泪大甩卖

一次性行为就是一次性的艺术

在杜尚的尿盆里放血

把纯粹误读成纳粹

出售天价的观念

具象出古典主义肥腴的腰肢

在空心的时间平衡木上

酒瓶和烟蒂操练自由的体操

不见阳光的五星级宾馆

筹划

废物如何得到利用

附设饰有花边的走廊

美丽的孔雀赶赴座山雕的宴会

做出姿态站稳立场

新贵有钱就可以自由地出入

哪怕头脑如洗空的皮囊

混迹在熙来攘往的人群中

悠闲地踱步东瞅西瞧

然后气宇轩昂地走出来

面对极端主义的自我

高挂大红的灯笼

走在最前面的是一袭新衣

至尊的国王不知去向

1999 年 12 月 24 日

昨夜有风

昨夜有风

从茂密的暑热中

勉力挤了出来

窗前的柳树

矜持地拨动脑袋

而你叽叽喳喳的小手

像鸟儿一般

敲打着树墩一样的

电脑键盘

文字像黑色的羽毛

一样滚落

沉吟着删去思想随笔

多余的结尾

让另类小说盛不下的激情

逆风而行

在星星与星星相思的距离中

敷衍成

反抒情的诗章

使虚构获得想象力的赞助

扑出球门

去迎接

生活那滑溜溜的价值

我进入梦乡

恍惚中被告知

上帝

头脑发热

他的爱情滋生了

一大群苦恼的蜜蜂

2000 年 6 月 18 日

建设工地随想曲

推土机挺着肚子走过的时候

死人不得不再死一次

枝叶茂盛的栎树，霍然倒下

比上一次更加彻底

明代的陵墓一声惨叫

蹦出秦砖与汉瓦的灵魂

这里，新世纪的大厦将拔地而起

一条病魔缠身的野狗

不知所措，在小路的尽头

声嘶力竭地吠叫

仰望着苍白的新月

想象着，那是最后的家

2000 年 8 月 3 日

穿牛仔裤的杨贵妃

荒诞电影一路旋转

放映到尾声

推出穿牛仔裤的杨贵妃

苹果在丰腴的大腿上滚动

而西装革履的高力士

满脸堆笑谦恭地

从事乡镇企业的开发

空运岭南的荔枝

在五星级饭店逐串散发

吩咐手下兢兢业业

仿佛当年统领大大小小的太监

华清池水依然滑腻

只是已经挂上桑拿的招牌

做不成比翼连理的美梦

唐玄宗自然愤怒异常

麦当娜与耶稣的母亲同名
把纯洁巡回播撒到狂野的边缘
世界摇摇晃晃地走出黑白
在复杂的彩色中迷失
撒旦是堕落的天使

晦涩的爱情

今夜，我晦涩的爱情必须走到尽头

仿佛曲折的小路绕过了

太多的山峰

把青草和绿树撇在身后

去跨越时间之刃切割的悬崖

在瀑布中沉没

后山坡上

千年古刹曾经矗立的地方

连废墟都没有留下

松鼠惊动树枝的瞬间

我故作大胆地搂紧纤柔的腰肢

你却弹动莲花的舌尖

不住地念叨"阿弥陀佛"

借故仰望星星

仿佛数点一颗颗滑溜的佛珠

"进尼姑庵去吧！"

（怎么会是哈姆雷特的声音？）

而禁欲的手指中间

看不见的蜡烛熊熊燃烧

在人工的世纪坛上

我将寂寞一点点融入孤独

让忧伤沉没于痛苦

仿佛雪块，最终默默地走进寒冷的水流

啊，不得不独自回家

我看到一颗颗脆弱的灵魂

正在沿途收集骷髅舞的磷光

拼凑明天的太阳

2001 年 1 月 1 日

堕落天使

天使堕落的那一个晚上

我是唯一的目击者

在印满唇吻的梦露俱乐部里

美元皇帝在雪白的操场上训练

忐忑不安的卢布卫兵

放肆地堆砌物质主义丰腴的山峰

大张旗鼓地搜索人性的峡谷

彼得堡音乐学院的女生

手臂修长大腿浑圆

把身体交给形式主义的运动

腰肢在狂热地扭摆

眼神比涅瓦河的浮冰更加冷漠

啊，天使堕落的时刻

我是唯一的目击者

神情恍惚地旁观

芭蕾的足尖触及命运的脱衣舞

2001 年 1 月 7 日

两本或一本书

手中的这本书

是某部禁毁小说的下册。

因此，我已经读到故事的结尾，

却不知道故事如何开始，

更无从了解造成悲惨后果的

究竟是什么缘故。

当然，这样也不错，我可以拥有

很多自由发挥的空间，

让多余的想象力像催产素似的

找到用武之地，在空白处

设计夸张的绣像封面。

而阅读着的我何尝不是另一部书，

被什么人阅读着，

或者

被随意抛掷在某间书斋，

任凭秋风和尘粒随意翻动，

略微不同的是，它只有残缺不全的上册

而且，就像坊间遍布的盗版图书——

印刷得有些潦草，

不少段落留有执笔者马虎和敷衍的痕迹，

甚至，散乱的书稿开始发黄，

周边滚起了丑陋的皱角。

但丁说，他的旅行已经走到了中途，

于是，开始撰写自己的喜剧

（并没有后人添加的"神圣"）……

啊，我（出自习惯）多么想做一点儿修改，

不过，鹅毛笔已经丢失，

我不能参与"我"的写作，

在时间的掌心，我只是写作的对象，

拥有的至多只是阅读的权利。

夜深人静，一遍遍重温它平庸的楔子，

蘸着思想的泡沫，

煞有介事地追忆污水的年华，

却无法预料它的结尾，

而伴随那犹豫不决的"延宕"，

关于幸福的理想一次次成为不幸的笑柄。

2001 年 2 月 2 日

胡同深处的雪

胡同深处的雪
像一个被继母遗弃的孤儿
蜷缩在污水与烂泥的合唱中
臃肿的雪堆
爬满蚂蚁似的黑点
啊，那可不是诱人的雀斑
而是溃烂的冻疮
院门吱呀呀打开
走出背脊佝偻的老人
拄着年代模糊的蛇头拐杖
用布满皱纹的手掌挡住白光
真冷啊，他无力地叹了一口气
想起童年时代母亲的胸怀
如今，他的年迈已经超过了母亲
绕过最后的审判

他们也很快就会见面

那折磨人的思念自然就会戛然而止

他低头瞧了瞧门前的积雪

吃惊地发现

自己已经做了七十年的孤儿

2001 年 2 月 4 日

切·格瓦拉

一个阿根廷人

却在古巴建立了永垂不朽的功业

神秘地失踪

然后，被热带丛林所谋杀

这让人想起

加拿大的白求恩——

不远万里，来到中国

在陕北的窑洞里

疗治人道主义的伤口

最终被伤口所吞噬

给国际主义列车添加了亮丽的车皮

革命曾经是如此诱人

而今，他们都被装进百事可乐的瓶子

和耐克鞋的爱情一起

走进没有差异性的后现代

广告上的

享乐更加诱人

2001 年 2 月 9 日

扫地的蚂蚁

从公园出来，
走在回家的路上，
女儿稚嫩的声音突然喊道：
"蚂蚁在扫地！"
我惊奇于她的发现
是如何地与我麻木的感觉不同，
劳动的快乐
像一颗种子深藏于内心。
世界存在着，
枯瘦的石头冲破泥土的芬芳，
迫不及待地说明一切。
在现实通往理想的羊肠小道上，
三岁的女儿
趔趄地牵着我
走在回家的路上。

2001 年 8 月 18 日

南太湖

南太湖是古老的，

古老得足以把石头磨成水沫，

让绿色的森林沉默作黑亮的煤炭；

而更古老的是它比水分子更绵密的柔情。

当柔情携带着湖水漫溢的时候，

那航行在子夜山坡上的现代城堡

开始驶向虚构的梦境，

我们那些诗歌的同志便有了些许骚动不安：

或者侧耳聆听红房子的轰鸣，

或者沉迷于爱情戏的表演，

或者透过三角形的窗口偷窥他人的隐私；

而遭遇了那将岩石研磨出水花的潜力，

我的耳朵情不自禁地在寻找

比沉默更低沉、更细微的声音。

此刻，你的絮语像散碎的月光

避过一片片道德主义树叶的监视，

照亮杂草深掩的顽石，

融入顽石缝隙里残存的水滴；

反光里倒映出晶莹的前生。

啊，夜色深浓，

沿着月光絮语铺就的梯级，

飞土逐宍的《弹歌》陪伴我踏上陌生的故土，

走进比初恋更柔软的

山路。

2001 年 10 月 30 日

七月流火

七月的黄昏，

偶然的风，温暖而干燥，

击打沉闷的玻璃。

太阳，仿佛一块白色的巧克力，

融入老虎山的隘口，

光芒，凌乱不堪，

一位濒临死亡的老乞丐

咽下口涎，吐出最后一口浊气，

颤巍巍地穿越树叶的屏障，

在蓝衣少妇的脸上

留下岁月的印迹。

流浪的歌手

反转吉他，

学习敦煌的飞天，伸展四肢，

油亮的长发，飘然起舞，

一个小小的失误，把歌声呛进了

缺少蛋白质的肠胃，

灌木丛背后，行将干涸的小河

正在承受着水的饥饿；

啊，如果石子快乐地在水面漂浮，

浮萍就只能无奈地

在水底保持着反常的沉默。

2002 年 7 月 26 日

蝙蝠洞

踏上人工铺就的一级级台阶,
闪电似的划过一个念头:
蝙蝠是恐龙下的蛋。

在蝙蝠洞的深处,
传出吱吱怪叫,
仿佛不明飞行物在嘤嘤啼哭……
受到惊吓的究竟
是人类
还是蝙蝠,
甚至是来自外星的生物?

蝙蝠的撞击
如同一个亲热的吻,
在身体的某一个关节上

引发痉挛，
渗透骨髓的抽搐。

从黑暗中出来，
有翅膀的已丧失飞行的能力，
没翅膀的却跃跃欲试。

哦，蝙蝠们拥有美丽的猪脸，
四只脚的人
睁大一对眼睛，
看上去比蝙蝠洞更加空虚。

2003 年 8 月 10 日

双龙潭

最坚硬的岩石

感动于迟到的爱情

流泻出尘世间最柔软的水

地心展示种种诱惑

在斜坡上

飞溅起

饥渴的浪花

绿叶像情人的絮语一般生长

沾满泥土的传说

如同遍布山坡的野花

荒诞不经

却有诱人的芬芳

一条娃娃鱼

不知深浅地向着淤泥挺进

遭遇的不是激情

而是鹅卵石的抵抗

小鸟在细枝上天真地歌唱

蟋蟀在陡岸上发出同情的共鸣

三只螃蟹躲在浅滩

涎着脸坏笑

偷窥龙的神秘

2003 年 8 月 16 日

火车

那列载着你的火车，

如同一头盲目的怪兽，

呼啸着滚动无情的轮子，

在僵硬的铁轨上，

从鲁谷的家门前飞驰而过。

但我还滞留在途中，

不曾抵达留有你气息的家，

这让我甚至来不及在阳台上眺望

白衣飘飘的你，

那早已烙刻在心中的身影。

迟到，迟到，这是一个

学生时代曾令我惊恐万分的单词，

仿佛玫瑰丛中埋伏的荆棘，

一次又一次扎进我记忆的皮肤，

使我痛苦而麻木，

直到丧失抒情的触须。

子夜，伸出黑色的舌苔

舔湿羞答答的黎明。

哦，爱情有自己的时刻表，

迟到的遗憾滋生疯狂的加速度，

卸除历史的蛇皮车厢，

闯过衰朽的红灯，

不惜与天才的时间赛跑。

2003 年 9 月 4 日

花园中的豹子

豹子，伸展着腰肢，
被一种历史的激情所驱使，
越过洁白而光滑的栏杆，
走进安谧的花园。
仿佛小鸟找到了它温暖的归巢，
仿佛倦游的浪子，
又一次回到母亲的怀抱，
在水样清凉的月光的鼓励下，
它炫耀美丽的斑纹，
踏进柔软的青草地，
一次次跃起，
体验珠穆朗玛峰高远的眩晕。
在世界性的战栗中，
集聚狂野的力量，
贯注到一个溶洞般深邃的目标，

进行生命最原始的抒情，
倾泻比乡愁更深刻的眷恋。
哦，这是豹子的爱情，
一种神与人都备感陌生的爱情，
顷刻，花园的上空，
乌云，闪电，雷鸣，
一阵饱满的雨点
印证大自然最纯朴的本质，
而强韧的豹子踩动软蹄，
在暴雨的节奏中，
倾诉它滚烫的思念
和洁白的欲望，
而后，安静地枕靠着
一枝处女般纯洁的凤尾兰，
疲倦的目光
掩饰着沉醉的愉快。

2003 年 9 月 12 日

暴雨

北京下起一场暴雨，
让我滞留
在这座城市的肺叶，
体验三个小时的甜蜜与忧伤。
回味温柔的呼吸
和指尖的抚摸，
恍如仙乐飘飘的呻吟
分担千年老树那枝枝杈杈的孤独。

此刻，在现代诗的课堂上，
女教师周旋于生者与死者的七彩迷宫，
剖析浪漫主义的玫瑰
和象征主义的梦想，
超现实主义的催眠术
及其后现代主义肥胖的大拼盘。

一首诗的诞生——

社会的色拉油是重要的，

理论的火候也是重要的；

背景的餐桌是重要的，

注释的葱姜也是重要的；

或许，更重要的是诗歌的原料——

一条暗红色的睡裙

和在裙子深处隐蔽的

纯洁的丰满……

2003 年 9 月 24 日

十月十九日

绿灯。屏住呼吸。睁大眼睛。

四车厢，第六个窗口。

火车驶过，仿佛是逃亡的鸟群，

又似乎是追击的猎狗，刮起一阵飓风，

抛下声嘶力竭的笛鸣，匆忙得

像走火的步枪放出一颗流弹，

击碎了一个热切的期待。

心脏失重，飘起来，仿佛一片碎纸，

在刚愎自用的风口无力地挣扎。

时针不动声色，指向十五点零六分，

北京，西郊，沉浸在情感的迷茫中，

啊，灰蒙蒙的天空，蠕动着

病恹恹的乌云和乱纷纷的尘土，

秋意萧瑟，下午的阳光

比冬夜的星光更加衰老；

红蝴蝶的女儿耷拉下翅膀，
眼底闪动着黯然的波光，
失望的黑痣凸起在稚嫩的耳根。
顺着铁轨紧走几步，石子
硌痛了脚板，蹲下身子，
抓住的只是掌心的一把空气，
震荡耳膜的是铁与铁的撞击声。
又一列火车驶过，它肯定与我无关，
却同样会经过我关心的那座城市，
转回脸去，前方已亮起一盏红灯……

2003 年 10 月 19 日

百合花

曾经，这间屋子发生过
严重的旱灾，
颠倒的河床露出隐约的裂痕，
墙粉剥落，
呈现钢筋和砖石的理性。

此刻，三朵百合花的开放，
让空荡荡的房间
有一种神秘的流动，
水的呼吸。

笨拙的手指翻动红封皮的诗集，
碰触了黑白相间的琴键，
一支忧伤的信天游
伸出纤长的手臂，

在黑暗中抚摸旋律的肌肤。

小方桌上的两片绿叶,
谦卑地跪下,
灯影下,那一朵粉红色的花蕾
不再傲慢,
依从情感皇帝的密旨,
花瓣微微
泄露
人性的秘密。

2003 年 11 月 13 日

风流的大白菜

一个漫长的冬季，
美丽的白菜
素面出场；室内剧泛滥，
片尾省略了台词，
作为配角，轻轻捋动衣摆
体验陌生世界的冷暖。

远离旷野的根须，
途经计算仪精密的管道，
跌入
逼仄的厨房，
卷进婚姻速配的游戏，
根茎沾着泥土，遭到遗弃，
顺着刀锋回归泥土。

大腹便便的矮个儿厨师，

熟练地肢解一具具洁白的胴体，

腌制美丽的味道。

幼芽尚未敞开憧憬，

就被缓缓挤出，像新鲜的水分。

唯有淡绿的发丝，

隐约飘动不易觉察的芬芳。

幸运降临的刹那间，

恰恰招致了极端不幸的烹饪，

众声喧哗里的女主角，

承担起招蜂引蝶的罪名。

啊，爱情的米醋

富有历史感的醇厚，

哧溜一下渗入现实主义的骨髓，

风流的生命在锅底泛起

最后的涟漪，

餐桌上，一群饕餮者

正张开大嘴，

期待情感的残渣，

像滑润的真理似的进入

蠢蠢蠕动的胃。

2004 年 1 月 13 日

雪地上的歌声

世界的白唰的一下
降临，
溅落在意外的门槛边。
冷风里的歌声
携带着晶莹剔透的小碎片，
滑过高挽的发髻，
在蜜脂似的脖颈上
搜寻自己的家。
一盏灯在远方点燃，
纤细的光斑闪烁亲切的暖意，
翻越几百万光年的石壁，
填充生活隐蔽的缝隙，
擦拭桌面的黑暗。
手指在白纸上移动，
仿佛刻录机拷贝着乡谣的旋律；

冷风赤裸着脚后跟，

呜咽着旋转到古城墙的根部，

这夜幕下的孤儿

在歌声里显示柔软的内核。

雪花在风的中心驻足，

给冬天一个存在的理由。

2004 年 1 月 11 日

金鱼之死

月光扎进土地的一刹那，
金鱼
在小小的花瓶里
翻动，
缓慢而滞重。
缺氧——
不停地喘息，
吐出一个又一个
梦想的气泡，
已经是生命边缘的弥留；
鳞片在痉挛，
蜕却
比太阳更鲜艳的皮肤。

玻璃空间

制造透明的幻觉。

金鱼，它的腹鳍在颤抖，

嗓子发烫，

鼓突起眼珠，

终于看清命运的尾巴。

一切即将结束，

只抛下一个微不足道的问题：

水和水那么拥挤，

美丽的金鱼如何能流出

濒死的泪？

2004 年 2 月 4 日

睡眠

我的睡眠是一只美丽的瓶子，
比床小，比世界大。

悄悄刨开黑暗的沃土，
培植梦幻的花。

翻身，按动时间的遥控板，
调整音量，
让喋喋不休的小鸟
学会
花朵的沉默。

那是轻到
不能再轻的声音，
却能穿透一切的喧哗，

包容

整个死亡的平静。

2004 年 2 月 5 日

最后的情人节

情人谷。莲花桥。月台。
秘密地站成一条焦虑的直线。
出租车。反光镜打着呵欠，
颠簸着锯齿形的记忆。

浪漫的节日，摆脱不了悲剧的
胎记。两个人面对整个世界。
被历史的洗涤液浸泡，感染了
特殊的忧伤，二月的玫瑰，
剥除护身的软刺，微微敞开
花瓣，抓紧一只孤独的手，
透过指缝，疯狂地吮吸
曙色中的露滴。

拥挤的人群，像无序的树枝

在候车室里自由地生长。
玫瑰哽咽着吞下早春的寒意，
沿着黑色的柱子徘徊；
月台无动于衷，就像一个失忆的
老人，习惯了陈年的灰暗。
绝望地抓住一片衣角，却抓不住
离别的汽笛声。

情人节的火车
沿着铁轨的理性向前滑动，
咔嚓，咔嚓，压碎满地的泪花……

2004 年 2 月 14 日

五点三十八分的阳光

一种锐意穿透了黑夜，
是莫名的好奇心，
阳光，是的，一缕阳光
俏皮地在脸颊上滑动。

苏醒，——走出死亡的演习，
温柔的哈欠，随手戴上
矫正视力的眼镜，
生活灰色的横截面
就这样不经意地
影印为黑色的小圆点。

惬意的晨风
一路惬意地奔跑，
几乎甩脱了自己的脚髁骨；

轻轻掀动米黄色的窗帘，
仿佛羞涩的小女孩
怯生生地拽动
妈妈乳白的衣襟。

五点三十八分，
指针以自我为中心，
不紧不慢地赶路，
重复……
或许是开始……

2004 年 5 月 26 日

夏天，我羡慕一片绿叶

玫瑰，不事声张，
悄悄伸展四肢，
通过笔管秘密的隧道
浮现，一张女人的脸，
即便美本身，也
相形见绌。

爱，那隐蔽在心脏深处的
心脏，
除去比喻的塑料裙，
赤裸着自身，恰似
语言诞生之初的第一个动词，
缓
缓
降

临，

啊，孕育这女王的，

必是一位伟大的女始祖，

或许无名，或许

被现实的草丛与历史的尘土

淹没，却有

时间冲床磨损不了的

高傲——这玫瑰中的玫瑰。

此刻，我痴痴地想：

那片包裹玫瑰的绿叶多么幸福，

吻和被吻，不为人知……

2004 年 6 月 7 日

一个人的中秋节

月亮，昏黄如豆，

在云层里漫游，

仿佛年幼的孤儿

披着常年不洗的外套，

回忆春天，

杜鹃花盛开的季节，

人工的路灯

放射忧伤的光线，

龙爪槐庇护紫蓝相间的野菊花，

思念么，淡淡的，

飘散在淡淡的夜雾中，

一把胡琴

在漠然的石椅上咿咿呀呀，

仿佛欲言又止，

空洞的啤酒瓶东倒西歪，

唯有少许的泡沫

在草地上绝望地挣扎，

一个人的中秋节，

快步走过孤独的走廊，

走进自我的囚笼。

月亮，毛茸茸的圆轮

是一个半透明的靶心，

若隐若现，等待

一颗子弹——划破

墨迹斑斑的天空……

2004 年 9 月 28 日　中秋节

门

七单元，四〇一，
靠左，木头与铁，
被警惕的眼球经常忽略，
静止的框架，
像一座方形的桥拱，
布满世界的空，流动着
物与人：据说，物质不灭，
那么，人有什么可以丢失？

变化，一个残酷的游戏：
进来，出去……
出去，进来……
进来，出去……
第四层，侧面对着楼梯，
就像弗罗斯特的岔路口，

画出了阴险的十字。

天使抖动翅膀，发出白银的
一声声脆响，魔鬼戴上彩色面具，
旋转并交换舞伴，争取
我摇曳不定的意志……

停顿，在楼梯狭窄的拐角处，
普通的缝隙漏出神秘的光。
于是，好心的长者开始回顾
肉身的来路，帮助
堕落者猜度灵魂的去向。

门，提醒铅灰色的存在
——锁把的必然，
以及铜制钥匙的某种可能。
斑驳的锈花，潦草地
记录夕阳坠落时刻的匆忙，
具体性稍显凸起的门槛
磕绊了我周密的抽象。

一首诗可以容纳多少精神？
我们意识中的美，不断
打磨，学习死亡的入门术，
蜕变——简单的真，
而复活，文字的网格
再度敞开了一扇扇小门。

2004 年 11 月 25 日

谁在弹奏巴赫

黄昏，球形的一部分
正在暗下去，
半边脸的月亮
升起来，
黑色的影子在月光下繁殖。

拥挤，影子推搡着影子——
浓黑而且空洞。
一个人上路，
像一本陈旧的政治手册
终于翻到了封底……

一个人上路，
眼睛干枯，
白发覆盖皱纹，把遗憾

深刻地烙印在额头，
心脏，曾经被尴尬地挤压进
真理和谬误交错的缝隙，
由于消瘦而下坠，
落入许诺过永生的烈火，
在喧嚣声中归入宁静。

一个人孤独地上路，
成为灰烬上飘动的
一缕轻烟⋯⋯

此刻，时尚的流行歌手
模仿多嘴的鹦鹉，
在新世纪的喇叭里滚动唇舌，
破锣的嗓音
声嘶力竭，刻意
压迫运河的一声声啜泣。

北风驱动一百头巨兽
行走天空，

悲鸣与怒吼，
而运河两岸的土地依然沉默，
仿佛在与影子比拼
各自的耐心。

石头，唯有石头
在恪守一个农夫的本分，
没有鲜花，
摘一把野草送行，
那是最后的纯绿，来自
色彩模糊的瓷瓶。

空洞与黑
像一对孪生的兄弟，
联袂走到了子夜的门槛，
谛听：大楼深处——
谁在弹奏巴赫？

2005 年 1 月 30 日

朗诵会

咖啡屋。座无虚席。闻风而来的
人们或站或坐。黑色话筒像破旧的自来水管，
滴答滴答着主持人的声音。
作为礼貌，也是向女权主义者致敬，
我挪出位子，逸出众人的视线……

黄色的指针略带讥讽地移动，
借助空间刻录时间，
默读桌椅的撞击和衣裙的窸窣。
我目空一切，等待……
今夜，只为一个人存在！

她的嗓音开始清点沙粒，我
从一本书中走出，推开玻璃门，快步
闯进了她的第三节，恰好踩中

弯曲的韵脚——这绝非某种刻意营造的
巧合，却有命运的分量。

沉默像一盏灯，匍匐在她的脚下，
惊诧于人性的节奏，聆听
余下的诗节在空气里
流淌。置身灯光不到的黑暗，
我的傲慢穿越黄昏、烟圈和啤酒的泡沫，
去证实一个女人的美。

她的微笑，挤过裸露的手臂，
拂过我的脸颊，仿佛是一种赞许。
起身，递来一杯茶水，像高举
沙漠里的圣杯，小小的涟漪
荡漾着绿色的谦卑，唯有
这小小的谦卑才配得上
——黑衣女子秘密隆起的鬓发。

"当我们老了"，临近终场……
在一个衰老的时代，我们——

是的，我们——正在消费着叶芝，
把年轻的妄想症吸附在数码的机械上，
毛德·岗，一个美丽的名字，
早已蜕变成寄生的政治，
龙沙赞美过的纺车摇摇欲坠，
猩红的嘴唇咀嚼着口香糖，阴险地
嘲笑着白发的星星。

就这样，在后现代叙述的非高潮中，
我闯进了她的第三节，
一首诗的心脏，柔软的纯粹——
由外向内的转折。
走过沙漠，她将朗诵"死者
——没有永垂不朽"，
作为骆驼的注解，沙粒的日期模糊，
而我还想再一次饶舌：
不朽是存在的，它就在生命的根部，
就如同水，作为活着的
词根而存在。

2005 年 4 月 21 日

紫藤花

葡萄长须一样的藤蔓
在庭院里开放。
五月的裙子，每一道缀边
闪烁手指的记忆，
呼唤着风，呼唤飞鸟的啁啾……

春天弯腰的刹那间，
蝴蝶张开花瓣的翅膀，
贴着微湿的草地轻轻哼唱，
让生活的树叶窸窣颤动……
睡眠来了，它为正午的情欲而沉醉，
凉亭，橘黄的草帽，
蛇形的影子悄无声息地倒下……
片刻的安静，唯有青草的芬芳簇拥
溪水的潺潺声。

枯瘦的藤蔓间，

成群的花朵水柱般喷涌，

紫色，淡淡的……

天空湛蓝，阳光

像钟摆一样准确地投射自己的斑点。

于是，一对失去了目标的眼睛

深深地怀念起

半个月亮的夜晚……

蚂蚱开始调皮地蹦跶，

不规则的舞步

扰乱了小栗树青涩的歌唱……

2005 年 5 月 20 日

另一片天空

月亮缺席的夜晚，
星星迷失了飞行的方向。
大团的云朵
蒙着空气的面纱，
孤独地漫游，
沿着天梯
传达秋雨欲来的信息。

上帝说："要有光！"
于是，这世界就有了光。

我只是一个凡人，
灵魂在肉身里嘀咕：
"要有爱呀！"
可是，大地一片静默。

在最为沮丧的一刻，

铃声响起，

月亮，比水更纯净的月亮，

升起

在另一片天空。

2005 年 9 月 19 日

树叶如何划破风

寓言里的那场雪，一而再、
再而三地推迟，
桌上，一杯去年的咖啡
在今年的刻度上冷却。
邻家的爆竹，模拟照例的春雷，
轰炸庭院里光秃的树干，
制造空心的热闹，
徒劳地阻挡寒流向南挺进。
风，吮吸冬季的阳光，
穿过子夜的黑绒衣，
灌入每一个细小的缝隙。
一滴水越出阳台，试图打破
凌晨的沉默，它的呼喊
却在时间的喉结上凝成冰块。
离群的树寡不敌众，任凭

树叶流尽绿色的血液，

在狼嗥的风声里被撕碎，

它悲壮地旋转，比蝴蝶更轻巧地溅落，

树梢最后一片树叶，仿佛

孤独的叹息——凌厉地划破

风，这若有若无的存在……

2006 年 2 月 4 日

106

草

玫瑰相互依偎着开放，

一株玫瑰含苞，一株玫瑰正在凋谢，

另一株玫瑰悄然卖弄风情。

此刻，谁注意到一棵草的枯萎？

它们在矮小的灌木丛里隐秘地站立，

地球在转动，

太阳和月亮闪烁交替的光芒，

时间的整容术

把青春的树叶置换成衰老的

树皮，无名小草的汁液滋养旷野上

成群的牛马，而晚年在一把烈火中赢得辉煌，

一棵草，又一棵草，一棵草，又……

根须养护大地。玫瑰

有耀眼的美丽，配得上至高的赞叹，

草是朴素的，简单的，

作为熟悉的陪衬，已习惯于被轻慢……
致命的忽略啊，忽略者就这样
失去了自己的根……
一棵草走进诗歌的距离，并不
比玫瑰更长，但坎坷
却更多……

2006 年 11 月 5 日

唯一的你

海是有风情的液体，每一朵浪花
反射阳光，将礁岩的
欲望挤压为水，凝聚成海啸
——喷涌，以席卷的姿态
去征服陆地，关于痛苦的语言
奔涌，如浩渺的海域。

关于幸福的词汇是如此贫乏，
如同一叶孤舟，飘零。
唯一的你，就像孤独唯一的单词
在爱情的词汇表中漫游，
如同海市蜃楼的孤岛
闪烁着一盏小小的灯。

时间滚动，在遗失中前进，

透明的风在沙滩上徘徊，寻找

十一月最后的暖意。

2006 年 11 月 15 日

大雨中的丧家犬

大雨，一条野狗奔跑，

四蹄溅起水花，仿佛

要在雨点到来之前抽离肉身。

给异样的生活镶嵌花边，

水声清晰，人音朦胧，

世界把无限的开阔

浓缩为眼皮底下的一块湿地。

野狗在奔跑，只是服从运动的本能，

那是没有归宿的速度。

点缀灌木丛的鲜花完成了芬芳的使命，

参差的树叶献上最纯粹的赞美，

墙的一隅，三只野猫低叫：喵喵喵，喵喵喵……

或许，这是动物间心气相通的怜悯……

伪罗马花园拐弯处崭新的别墅，独居的

少妇怀抱哈巴新宠，感叹：

今夜，他是否回家？

而雨中奔跑的野狗无暇理会，

它的脚步在家的概念以外。

冰川

冰川伸出黑色的舌头，卷走
关于白色的想象；
高原，这海的遗腹子
泄露了雪莲花与海水的秘密约定。
没有方向的风，窜突
如一群迷途的石鹿，
惊恐地仰望寸草不生的天空，
飘过——偶然的云……

悬崖边，一棵断树
伸出枯瘦的爪子，抓取
裸露的山岩，凿挖梦的窄门，
捣出一个又一个通往现实主义的窟窿。
博格达峰露出黑腰带似的裂缝，
地心深处，披毛犀的遗骸

传出昆仑玉的呼吸。

悬垂的冰柱仿佛凝固的声音
在沉默中寻找知音；
扁砾像小青蛇一样静止、蠕动。
蓝天，阳光。卷心菜似的
雪莲花，一场意外的
雪崩，感染暖的病毒，挟带
一块块碛土，下山，匆匆……

2007 年 11 月 16 日

一只鸟如何领悟世界

桃花坞，惊鸟破空而出，
像一枚柔软的子弹。
乌黑的眼珠染有夜的原色，
转动于鸣笛的声波，
面对陌生的世界，嘟起尖喙，
好奇，并略带一丝疑惑，
细爪轻扣桃树低矮的嫩枝，
任凭晨雾的梳子清理褐色的羽毛。

美作为具体的概念，
是一泓清澈的水，
恰似血液，深入弯曲的经脉。
曾经，钢铁的飞翔
只是人的一个梦想，
如今早已侵入鸟的领地，

带来黑色的旋风，
把呜咽声留在空中。

暧昧的初春，雾霾
飘飞，太阳柔软如心脏。
空中，那只鸟
俯视着熙熙攘攘的人群，
它将产生怎样的想法？
是的，有什么鸟的想法？
如果有一个鸟国，
它的边境线在哪里出现？

2008 年 3 月 10 日

故乡

夜，这黑暗的抹布
总是不动声色，
蓄意清除每一片灿烂的阳光；
冬天的结核病，
在肺部留下费解的注脚。

八岁那年留下的一只童鞋，
后跟已经磨损，
仅够容纳我的脚背。
我以叛逆的姿态向你靠近，
我的敬意是清除
你脖子上的污垢。

桃花鲜艳，空气里弥漫
春天的芳香。

故乡，我轻轻念叨这个词，
陌生感就像冷空气
进入我的脊椎。

熟悉的地域，不得不加上"曾经"，
我已是一个过客，
同样的刻度，但时间
已不同。四点钟的鸣响，
叩击黄昏逼近的光。

徘徊于小巷，斑驳的墙片
像历史的铭文——
模糊，黏滞，
仿佛喉结突起的青春期。

2008 年 11 月 28 日

珞珈山
——给恩师陆耀东先生

第一次见你，眼里有一泓湖水，
涟漪在浮动，四月的蔚蓝……

而星星在跳舞，被夏季风吹到东湖的
堤岸。穿行于书页的一个个名字
点燃起小小的火焰；
诗行深深的走廊，我
沿着学灯的微光前行，向着
浅草遮蔽的莽原，向着
二月、五月和九月……
在蕙风里一步一回头地张望
少女般的春水，在流云下
作红纱灯的晚祷；
拨开骷髅上的蔷薇，
评判花一般的罪恶。

在白色樱花遍布的小径，用衣袖
拭去梅花石桌的微尘，拥抱九片树叶上
滚动的露珠，轻抚新月抛撒的
一缕寂寞，蹬踏迟桂花溢香的台阶，
走进比幽深的雨巷更狭而长的
林中小路……

或许，不再有那样蔚蓝的湖水
和树叶点缀的青灰色屋脊，不再有
红色木棂的窗口，也不再有读书声
从枫叶深处传出……

而七月，被离别的细菌
感染的月份，一个吟诵《诗经》的季节，
回首，眼里依旧有你：
一座珞珈山，——
一个踯躅前行的背影……

2009 年 3 月 5 日

沙雅

神秘的艾捷克 ① 响起,
仿佛琴弦公主在由着性子撒欢。
太阳掉进沙漠海的片刻,
胡杨变成了骷髅,
依然挥动起暮色的绸带,
趔趄着舞蹈;
残损的手掌直指天空,
像一支火炬,燃红
最后的霞光。

意识远去,仿佛
一片树叶掉进渭干河,
一朵云飘向峡谷……

---

① 一种维吾尔族乐器。

黑暗虽然降临，

却总有光相伴随。

红柳细而阔大的芬芳

如夜雾般弥漫，

在羊群消失的岩壁。

胡杨在死前喷洒最后的绿，

特殊的苦涩，形成

光的褶皱，树枝无法弥合的

缝隙透出刀郎的呐喊，

一个装饰音滑出时间的熔岩，

消失……聚拢……一缕烟。

2009 年 6 月 20 日

戈壁

六月趿拉着凉鞋，懒洋洋地踱步。

大漠，没有孤烟，唯有

砾石像一股愤怒的潮水向脚掌漫涌而来，

倔强的草，在沙地伸展自己的根。

云，——聚拢，飘散，逗留，

飞翔，化作乌有——

把意志交付给风，山

在移动，如同废弃的城堡；

撇起嘴角讥讽人类的想象力，

在一片风景的掩护下忘乎所以地挪动另一片风景。

此刻，沙与风成为孪生的姐妹，

模仿累斯博斯岛上的少女，为萨福祈福。

旷野，老人，骆驼……

把宏伟的想象缩小成一个黑点，
圆溜、单调如命运的滚珠，
沿循时间的滑槽滚动，
坠落于黑冰川嘎吱响的深渊。

失去泉水的沙土多么孤独，
上帝的祝福多么遥远！

从鹅卵石上走过，我
不再是我，而是怀抱乡愁的璞玉。
龙卷风平地而起，顷刻
粘紧我的皮肤，在心脏钻出一个小孔，
从此，戈壁滩的砾石将灌注我一生。

2009 年 6 月 29 日

暮色中的胡杨

黄昏，胡杨拨动枝干，

在夜雾中高唱《大乃额满》，

苍凉、忧伤一如萨塔尔琴的前奏；

风卷动夕阳，树叶

拍打灰色的翅膀，模拟鸟声

挥霍散碎的金子。

一群孤儿等待着母亲归来。

随风而去的女人，却不曾随风归来。

瘦小的毛驴只是沉默地

绕着主人的残躯徘徊，竖起

一对长耳朵，聆听空气的颤动。

缓慢而沙哑的谣曲。

动词的到来让抽象的主语

拥有可以倾诉的宾语。
牧民的琴声冒犯常规的语法，
像泉水一样遵循生命的逻辑迸溅，
迅即流进无边的沙漠……

月亮透明的手指轻点神启的歌喉，
擂动维吾尔婚礼的鼓点，
月亮湾，奇迹般坐落在沙漠的中心；
丛生的小草缀连星星的藤蔓，
环绕八米深的水域。

无名的木卡姆奇，像羊脂玉
散失在民间，穿着褴褛的衣衫，
时而伤感、时而快乐地歌唱……

2009 年 7 月 14 日

雅丹 ①

一座随意的雕塑——仿佛疲倦的信仰
停泊在雅丹的港口，而我只是过客……
激情短暂，永恒的是记忆！

透过记忆中模糊而清晰的往事，
一张西域的脸被误读成天边的云。
维吾尔少女美丽的名字从热瓦甫琴盒飘出，
一只吉祥的鸟鼓动双翅，掀开山的皱褶，
飞旋，恍如舞蹈中的艾德莱斯裙边。

往事的舌尖开始舔噬现实的牙齿，
险峻的土丘？愕然中有难料的凶兆，
这是恐龙与魔鬼交替出没的谷地。

————————

① 维吾尔语"险峻的土丘"之意。

127

万年化石忧伤而细心地烙刻风的形状，

薄如朽纸。

远方，膨胀的热力移动绿舟平原，

运载一座水族的伊甸园，

红衣的沙漠女郎撩起面纱，惊艳

仿佛星星自天边滚落。

夕阳下，一个老者正在挖掘今年的土豆……

而我只是过客。

2009 年 7 月 30 日

怊怙厘佛寺

讲经的人已经归于尘埃，
斑驳的泥墙依旧做着晨祷的功课。
废墟的空旷如创世之初。
鸟这人类的祖先，焦虑地扑动翅膀，
希望唤醒关于良知的记忆。

乱石中，一只甲虫与世无争，
在大漠的边缘，
悄悄地为自己找到栖居的位置；
与它毗邻而居的一粒沙子
谦卑地蜷伏，但并不比一座巍峨的高山更轻贱。
时间，我再次想到时间，
这生命的接生婆和刽子手，
它的魔法将山岩化作一抔黄土，
让海洋成为独眼的巨峰。

一名无神论者踩着信仰的地毯走来，

长跪，双手合十，

在语词失效的片刻高举佛香，

如同捧起自己的头颅——

那虚无的精神，

虽说肉身已破，如坍塌的寺庙，

残砖依旧像碎裂的镜片，折射佛光……

2009 年 8 月 6 日

萨塔尔

萨塔尔的弹弦模拟人的和声

播撒泥土的芬芳，打开一座意志的花园。

肉体黑暗。善良的沙狐

融入一缕缕阳光，

跳进这小小的囚室，

让肋骨跳起快乐的萨玛舞。

灵魂如何拾级而下，进入

比沙漠更干渴的精神？

倔强的胡杨死而不朽，枯干的躯身

仿佛龟兹少女的一具具骸骨，

美的遗迹陈述生死永恒的命题……

萨塔尔琴弦是牧民延长的手指，

轻轻抚摸阳光与空气，

提醒我们攥紧阿莉雅德娜式的引线，
带着想象与情感离开迷宫，
走出铁水浇铸的岩洞。

河床绕道而走，就像饥馑年代改嫁的母亲，
连悲歌的力气都没有，不再号啕，
只是默默地用泪水留下记号，
一步三回头地携着小女儿离去。

在魔鬼林，木卡姆奇灌满沙粒的歌喉
吼喊出刀郎的阿瓦尔古丽。
爱情是它最纤细的琴弦，
指尖渗出的血液擦洗红土，
美丽如同茂密的骆驼刺，
执着地扩张、爬行。

金属与马尾的高音翻越自然的禁令，
萨塔尔摇动驼铃，直抵心的和声。

2009 年 8 月 17 日

木卡姆

十二位少女手捧白色的传说，
头顶太阳旋转，舞蹈融入虚无的空气。
夏日的风送来一丝温柔，
夹杂正午的狂暴，像鸟翅
掠过起伏不平的山冈。唯有腰肢
婀娜，甩起艾德莱斯的轻盈，
穿越木卡姆奇的吼唱，
真实地扭动草原的沉默，任凭
放肆的太阳在唇边擦燃炫目的光。

怯懦的指尖划出库车的月色，
三十二弦的卡龙琴
奏出柔缓、晦涩的散板，
作为呼应，玫瑰发出金属的铮响，
飞鸟衔来希望的种子，

少女的笑容如同花瓣飘飞……

萨塔尔拨动胡杨的三种叶子，

星星放开歌喉，仿佛

验证黄铜具有金子的质地。

舞动的衣裙仿佛心灵诚言的飘带，

迎合达甫鼓的敲击，

在沙漠的边缘模拟自由地飞翔。

背倚一堵远古的残墙，

我体验着阿曼尼莎的忧伤，

不经意地发现，

每一根笛管都在缓缓流出时间的沙粒……

2009 年 8 月 18 日

丹噶尔

丹噶尔，一只反扣高原的白海螺，
撞击，摩擦，——产生微妙的斑点。

唐蕃争战遗留的战靴，
缓缓升起一朵偈子似的莲花。

蹭去折戟的尘垢，湟鱼
在螺壳深处衔紧海水的记忆。

仓央嘉措为皎洁的月亮押上藏地的韵脚，
情歌在每一块青石板中沁出。

而鹦鹉的皮影在黑边牌坊下雕刻时光，
排灯照彻皮绣的每一根纤维。

丹噶尔在历史的老街上随风飘成传说，

驼铃比郁金香更灿烂地开放于旷野……

2009 年 8 月 25 日

日月山

声音在岩石深处呼喊。

从太阳到月亮，
是黑眼珠到白眼球的距离，
却相隔一道语言的深渊，
紧密相依，永不重合。

在战争与和平之间，汉服的女子
俯身捡拾青春，引致反弹琵琶的绝望
——抛出黑框的镜子，
漠然的北风卷起爱情的碎屑；
回眸：不再眷恋。幸福已在远方……

牦牛在山坡上缓缓行走，

而来自故乡的泥土粘连着燕子的脚踝，

方向不明，茫然在空中漂移；

泪水像一群白色的绵羊奔跑在蜿蜒的小道，

为它宿命的祭坛。

乡愁一点点堆积，拱成

绿色的帐篷，掩饰枪戟交错的光芒；

而女儿心滋养的倒淌河

执拗地浸泡传说，

河面浮起一串串相思的红珊瑚。

金黄的油菜花蘸取空气，

翩然起舞，放肆地扭动腰肢；

一粒花粉坠落，成长为历史芬芳的古树。

陡起的十字路口，显露

正在崛起的帝国隐秘的裂纹。

旷野，满眼的葱绿夹杂些微的嫩黄，

掩盖了多少文化的白骨？

高原沉默。唯有一支牧笛

响起，温柔地抚摸离别和死亡的忧伤……

美是那么脆弱，又那么动人！

2009 年 8 月 25 日

花儿 ^①

花儿是一种根部晶亮的非植物，
扎根于疲倦的黑夜，
在脚夫的喉结上生长，
贴紧了陡峭的悬崖和羊肠小道开放。

秋天即将来临，
昏黄的冷风翻卷大街小巷的彩旗，
吹起美得让人心疼的尕妹，
赤足踩踏刺玫花的故事。

穆斯林的头巾闪烁白色的梦，
神秘如黄土地垄下汩汩流淌的泉水，

---

① 花儿，流行在西北的一种民歌，有时也意指少女。

一名来自乡村的歌手
在高速公路上无所适从。

水井巷熙攘的人群
像一朵朵蘑菇趴伏于潮湿的树桩，
蓬勃地生长，急促的呼吸
可以引发一场爱情。

吆喝声不断的小摊
在尘嚣里拥挤着寻找安谧的归宿。
为了生计，摊主满面堆笑，
表情比门槛更加谦卑。

小鸟啄着门帘叽叽喳喳啼叫，
追问花儿在何处匿身。
作答的不是和声，而是杂音：
流行歌的曲调像锋利的锯子……

花儿凋落，花儿寂然，

花儿不再是少年的梦想，

沉默是一面镜子，

照出了天空的洞穴。

2009 年 8 月 27 日

茫崖

茫崖，陌生的地名，
有如搁浅的海龟，
经历海水的涨潮和退潮，
被遗忘在沙滩。

茫崖——现实对未来的
迷惑，镌刻黄土对水的眷念，
一段独自站立的秘史。

偶然的过客
伫立湖畔，端详
细软的时间如何从水中慢慢
渗出，又倏忽消失……

从乌鲁木齐到青海，

一抔黄土模仿水的形式，
艰难地流动、挪移，
驻足。

以海为名的一座高原，
干旱是它的宿命。

丹霞山的激情把寂寞
像石块一样扔出去，
去而复返，碎作风沙，
遮蔽屋顶的破旧。

2009 年 8 月 28 日

苹果

雨点，像铜锈一样滴落，
枝头垂挂的苹果是映照世界的最后一盏灯，
在遗忘中挥发孤独的芬芳。

俄罗斯，富饶的俄罗斯
奢侈的俄罗斯，
连金子都会腐烂的俄罗斯……

十月，一个与秋天同母异父的季节，
收获与丧失同时来临。

从俱乐部走出的野狗在吠叫，不知道
世界向哪里旋转。

暮色沿着来路奔跑，

没有路灯，苹果在闪烁……

2009 年 10 月 21 日

闻叶赛宁吊索拍卖有感

头发，绳索，画像，
三个衣衫褴褛的孤儿，
流浪在屋檐下集聚。
死亡的细节成为资本主义的卖点，
拍卖场的人们不再关心爱情，
更不关心诗歌的来源。

死者不再能享用卢布，
虽然还有美元与欧元的兑换价。
一名中国诗人捡拾白桦的落叶
和滚落草丛中的烂苹果，
看到从秋天到冬天的过渡，
看到彼得堡街头的喷泉正在变成冰块。

骄傲的梁赞小伙子有出众的想象天赋，

把月亮当成上帝的肚脐眼，

歌唱过纯净如天鹅的一对纤纤素手。

可是，把脖子套进环扣的刹那，

他又何曾料想到，

未来将遭遇比济慈更为可悲的拍卖？

——有一天，

现实的疯狂已走到了想象无法抵达的高度：

这勒走诗人最后一丝气息的绳索

将成为奇货可居的商品，

沉重得让灵魂的天平倾

斜。

哦，病态的小眼睛觊觎着

破碎的水晶心脏。

两百万卢布，折合

四十六点四万人民币，

咚，成交！正午的风收敛起飞翔的翅膀，

俄罗斯的空气弥漫了雪意……

在特维尔林荫道上，一座铜像

潸然泪下，

而从这滴液体变成固体，只需一个黑色的夜。

2009 年 10 月 31 日

帕斯捷尔纳克

正午，莫斯科郊外，
冷空气在缪斯的腋窝下穿梭。

帕斯捷尔纳克，你沉默不语，
而我和你的墓碑一起接受落叶和降雪。

白色浮雕依然那么安谧，
鲜花漠然地看着自己的根须
在泥土里蜿蜒，伸展。

你的早班火车已被电气列车打断。
风，穿过黑色的篱笆，
穿过白色的桦树林……

林中的小路像一只羽毛散乱的翅膀，

扑打世纪虚假的暗道，

来到别列捷尔金诺墓地，

徘徊，安抚一个个孤独的灵魂。

黄金和白银已被锤打成货币，

在卢布缺席的荒原流通；

史诗的海洋逐渐干涸，

缩小成喜剧的沟渠和叙事的大小运河。

告别了英雄的时代，

一张马脸在石头上昂起，

嘶鸣，在黑铁的世纪……

2009 年 10 月 31 日

晚秋

在白色的火焰中，初雪
快乐地燃尽自己。
诗歌与晚秋，雪花与落叶，
如同大地与天空，
永远存在着致命的纠缠，
对抗——同时意味着秘密的和谈。

天空阴郁，恰好给出伤感的理由，
奔驰车在沥青路上奔驰，
把呜咽着的拉达车远远地哗啦啦甩在背后，
甩在槭树的断枝丛中。

一滴水的成长与死亡，
或者轮回，
可以有无数个方向；

想象力是旗帜，没有风就不会飘扬。

莫斯科的农民举起弯曲的长杆，
击打苹果树的枝头，
麻雀惊恐飞散的瞬间，苹果
像阿赫玛托娃留下的诗歌遗孤，
尖叫着落下，
在即将沦为尘埃的落叶上满地翻滚……

远处，乡村教堂的背后，
苍白的月亮悠然升起，
天边渗出一丝血迹，
顷刻，金黄的原野黯然失色……

2009 年 11 月 8 日

打开灯 [①]

三十二层，二百四十米。
数字为暴君的野心留下证据。
狭长的走廊伸展如一段废弃的盲肠，
依稀烙印一九五三年的印迹。

早晨，八九点钟，
据说是太阳正当青春的时辰，
可夜色依然如黑色的蜘蛛
密布，霜粒爬满窗户。

打开灯，打开一本诗集，
在莫斯科河畔，像一只饥饿的麻雀，
啄食⋯⋯

[①] 莫斯科大学的主楼有三十二层，二百四十米高。它竣工于 1953 年。11 月的莫斯科，夜长昼短，上午 9 点，天光未明；下午 4 点，暮色已经降临。

踩着单词通往句子的节奏，
与塔尔科夫斯基父子一起散步。

阴郁的天气需要习惯，
需要为自己找出生活的理由。
打开灯，仿佛种植阳光，
把自己照亮。

生活在继续，雨丝飘飞，
而潮湿的情绪是一种病毒，
比甲型 H1N1 流感更为凶猛
让感情的呼吸道堵塞。

打开灯，像打开一颗心，
一颗被镜子灼伤的心，
光点在跳动，温暖
像血液似的流淌……

2009 年 11 月 19 日

曼杰什坦姆纪念碑前

黑色的大理石被赋予人形，
吐出人的呼吸，
纪念一个非人的时代。
曼杰什坦姆照例奇怪地昂起头，
倾听来自汉语的朗诵。

掌声不存在语言的隔阂。
柳芭娃，一位俄罗斯的女诗人，
默默站在一边，躲开
众人的耳目，举起冬天的数码相机，
把声音定格在光影交融的刹那。

黄色的玫瑰混合着白雪的芬芳，
美是一个安静的旁观者，
站上词句砌成的阳台，

欣赏伦理学木偶才华出众的
表演，在塑料与薄膜搭建的舞台上。

"生命——是一件布满窟窿的华服"，
这是谁的名言？
诗歌的雪橇碾压着下坡路，死亡
顺势为它打上一个巨大的
补丁。

2009 年 12 月 27 日

子午线上的雪或者冰

雪是流动的冰，
测量一座城市的高度与一个人的深度。

红色与黑色的方块
在雪地上被种植，
仿佛玻璃在林中空地反映自身。

无人陪伴的白桦林响起
麻雀啁啾的回声，
在白银针叶林的尽头划出一道弧线……

于是，蓝色钻石从袖筒伸出
一万根光的手指，
把观念落实到行动——
搭建并非空中的楼阁。

给世界一个规矩，

方圆就是艺术的村庄，

薄膜缠绕的梨树沮丧地耷拉着

受伤的树枝。

十二月，被冬天焚烧过的

五棵姐妹草在飞翔，

而我，对着一粒尘埃

兀自执拗地追问雪与冰的来历……

2009 年 12 月 29 日　晨

雪地上的乌鸦

雪地，乌鸦
把整个宇宙的孤独集于一身，
"哇"的一声，撕破
黄昏老旧的衬衣。

纤小的爪子灵活地翻动
雪块与落叶，
似乎在其中寻找同类的羽毛
和真理的面包屑。

槭树迎风蹒跚在路旁，
佝偻如一个生育过多的老妇人，
不再有丰满的脂肪和旋律似的风情，
缓缓脱下一层干瘪的树皮，
为饥饿的乌鸦提供最后的晚餐。

存在仿佛是为了对应，

污秽的雪水流淌，浸泡

一张黑白照的底片，

而我们熟悉的乌鸦即将在寒雾中凝固，

成为夜的某一个器官。

2009 年 12 月 29 日

窗台·鸽子

窗台，一团白雪在蠕动……
鸽子飞来，落脚，
像一名离家出走的少女，
茫然，忧伤而任性。
衔着来自荒漠的一缕寒风，
遥对高塔，
构成一种不相称的对峙。

隔着双层玻璃，
我听到，它小小的心脏
惊恐地跳动。
银色的胸脯翩然落下
一根银色的羽毛，
为布满伤痕的大地增加万分之一的凄凉。

短暂的出神。一回眸，
雪花已在刹那间盖满灰色的屋顶。
鸽子，腾空飞起，
金属的惊叫抛下斑点式的白光。
顷刻间，羽毛与初雪完成了
一次亲吻，——纯洁，然而致命。

2010 年 1 月 2 日

在莫斯科眺望世博会

圣瓦西里升天大教堂，顺着台阶
拾级而下——
鹅卵石铺就的红场，
我，一名来自中国的诗人，
携带神秘的象形文字，
在卷舌音的节奏里穿行……

在莫斯科眺望世博会，
仿佛童年在夏夜里数点星星……

我昂起黑发的头颅，黑眼睛的
微光穿过月亮细软的耳朵，
落向黄浦江的金盘，
看万国花园的大梦徐徐盛开。

此刻，仿佛我黄色的皮肤有
纯金的骄傲，它的质地吸引了
杰玛与卡佳纯真的目光：
"您，来自北京？"稍稍有些失望，
——或许，他们更希望我来自上海……

而亚历山大花园的草坪上，
俏皮的达吉雅娜穿着吊带裙，
啃咬一只红色的酸苹果，
从嘴角甩出一丝不服：
"哼！要不是上海，这盛世的大会
今年将在莫斯科举办。"
"是的，是的，达尼娅 ① ！"

不过，还是让我们一起祝福，
用中文和俄语缀连友谊的花环，
祝福古老的中国，祝福现代的上海！
美好的祝福将给俄罗斯带来好运。

———————

① 达尼娅是达吉雅娜的爱称或小称。

在远方，一位摩登的女子——永恒的新娘

驾驭中国经济的航母，巡视

丝绸的波浪，这传奇的海面

荡漾更传奇的波纹。

在莫斯科，我已成年。

迎着西来的夏季风，我眺望——

心跳如停栖在普希金塑像上的鸽子，

衔去银叶林祝福的松子，

一座东方的城市充溢田野的芳香。

2010 年 7 月 15 日

爱情的丧家犬甩不脱
——一个悲伤的尾巴

初恋的苹果树没有记忆，搂紧
自己的青春……

花蕾在白色期待中憧憬绚烂的未来，
冬天，只是父亲善意的规训。

生活自有一个荒诞的硬壳，
沉默，却暗自游动，
腐败的病菌蔓延于健美的四肢。

信仰的网络早已千疮百孔，
秋天的寂寞模仿常春藤攀爬在十月的天空，
乌云飘来，包裹
比绝望更沉重的黑铁。

相爱的男女被稠密的乱草纠缠，

游动，碰撞着礁石，

把自己洗成一片片青苔，

匆忙地和着生活之盐吞咽。

过往的甜蜜已成为回忆的酸涩，

婚姻是恐怖的坟墓，分离

是险恶的机关，盗墓贼宿命里的无奈。

爱情的丧家犬甩不脱一个悲伤的尾巴，

愤怒泄露了不讲逻辑的必然……

北风一夜吹散青春期的梦想，

十月的日历被削尖，制作成走向冬天的指针。

2010 年 10 月 22 日

恶与恶相互催生

恶，既是暴虐的父亲，
也是不甘屈服的儿子，
有亲情错乱的先兆。
一枚果子腐烂，引起病变。
深入，仿佛农村包围城墙残破的城市。
没有退却的可能。
悲伤如何掩饰悲伤，正如
质疑
水如何覆盖水。

2010 年 11 月 17 日

十二月戏笔（两题）

一

美，源于我们的无知，
想象的断臂不停为泥墙涂抹油彩……

孔雀自恋地舒展斑斓的羽毛，
吞噬大眼睛盲者一道道惊诧的目光；
它无意间扭转身子，
羞答答地暴露了世界的黑底座。

二

无伴侣的咖啡蕴含诚实的苦味，
一只橙黄的瓷杯独自面对汁液流尽的夕阳。

残渣被燃烧，昨日的芳香
从华丽的客厅倒流进逼仄的厨房······
最后一滴水还在艰难地
滚
动。

2010 年 12 月 10 日

信仰

夜莺绝迹的时代，
坚持一种过于奢侈的消费。

爱情的集市摆满温室培植的玫瑰——
这被批量生产的符号，
飞上诗句的冷香早已飘远。

富人炫耀他天价的项链，
穷人只能在棚屋借助文字孕育珍珠。

一首献诗曾俘虏我的眼睛，
而世俗的欲望却在觊觎脚下绿叶凋敝的土地。

它们携手同来，合谋成一种羞辱。
孱弱的灵魂被占有、撕裂……

黯然，并且……

经验给了我们很多教训，
如今依然在为信仰而生活……
哦，什么样的信仰？哦，天知道！
而或许，天也不知道！

2010 年 12 月 16 日

生活

一个人在家，并非必须咀嚼孤独这枚硬果。

语言可以照亮阴郁的内心，
让裸身的对话始终保持愉快的频率。

从书桌的起跑线跃出竹制台历的囚笼，
回到万花筒的童年，
走进恐龙翩翩起舞的白垩纪……

伟大的爱造就渺小的人类，
生命巴士欢快的号叫
发自卢布兑换美元残留的瘦褶角。

上弦月亲吻摩天楼的尖喙，
倾泻鱼麟样的光芒，

为痴情的向日葵写下黑色箴言。

纯净水洒出，构成伪柔情的抛物线，
溺毙于自己的倒影，
而冰溜子绕檐泄露寒冷之秘密。

世界远离我们的想象，
死亡也不是时间的终点。

生活已经结束；
而你，还得继续生活。

2010 年 12 月 20 日

175

冬至

是的，已经是冬至，
我独自把每一个字与词挨个儿掂量，
赶在群体性雪花飘落之前。

感情降到零度，
去掉负数，也去掉正数，
一切重新开始，
在镂空的树洞触摸成长的意义。

我，站在我的身外，
眯眼端详无谓忙碌的一尊躯壳。

从今天开始，尝试重新做一个婴儿，
与环形的符号成为亲密的邻居。
手握一枝乌鸦遗弃的枯枝，

享受自由涂鸦的快感，接受声音与象形的爱抚……

哦！感谢母语，这皱纹密布的汉字，
美是艺术的初恋，——蓦然回首：
诗，再一次逼近生活的内核。

冬至日的夜晚，在"入九"的寒风里哆嗦，
有点儿沮丧，但我不绝望。

2010 年 12 月 22 日　冬至

寒冷，究竟蜷缩在哪一缕风中

最后一班地铁打着饱嗝儿，

提前离开站台，玻璃

顺势成为车厢的帮凶，以暧昧的透明

隔断眼睛与心的秘密隧道，

只有铁轨的呜咽陪伴守法者迟到的悲愤。

短信：一场暴雪愤怒地照耀南方，

驱赶满地的黑暗，

但它携带的热量顷刻化作刺骨的冰。

死气森然的 2010 年，

谣言比真理更具诚信的魅力。

黑衣的使者穿行在首都的街道，

流浪的落叶漠然击打他酸疼的脊椎骨，

五道口的站牌站立在路侧，

僵硬如旷野的墓碑。

一张传单飞起，低声问道：

寒冷，究竟蜷缩在哪一缕风中？

2010 年 12 月 31 日

昨夜，我梦见裸身的你

我梦见裸身的你，
一尾比美人更鱼的鱼，
游出浴缸，游向更深的水域……
幸福它一丝不挂，
惬意地翻动，安静地收起鱼鳍，
闪烁自由的鳞片……

哦，鱼美人！请告诉我，
从眼睛到嘴唇，漫长的两年
完成了八公分的距离
吻与被吻丈量这一切，哦，还有拥抱与手掌……

昨夜，幸福它一丝不挂：
一尾鱼，裸体也不失雍容，
那比美人更美的生命

扭动腰肢，扭动世界的节奏，
手捧两颗星星在胸前膨胀，合成中秋的月亮，
光滑的鱼尾拨溅起灿烂的水花，
洁白，证明另一种洁白……

你，来过我如水的梦境，
这或许不是真相，可绝不是幻觉。
而今夜，裸身的你
是否会梦见我？
你羞涩地一笑，翩然而去……
湖边，一株讲汉语的水草……

2011 年 9 月 11 日

重返塔尔寺

正午的塔尔寺，阳光灿烂——
在十万片菩提树叶上叩出十万个等身的长头，
十万尊狮吼佛像在同一瞬间浮现。

如意的八宝塔下：人声鼎沸。烧香的男女像一条百足的长虫，
各怀各的心事，驻足在色彩斑斓的
门槛之间，依次蠕动……

而我，一块长期流浪于墙外的残砖，
蹲坐在白旃檀树下，与漂泊的荷叶并肩
观看班禅的白马昂首进殿。

墙内，酥油灯点燃杂草成为鲜花（这并非传说），
有荆棘热烈地簇拥，幽暗的森林布满明灯。

而我（仿佛慧眼独具），看见云层背后一朵羞涩的莲花，
她肌肤白皙引发星星闪烁嫉妒的眼睛，
胸脯饱满，蓄存了整个高原的乳汁。

这是八月诗歌的节日，是夏天会议的茶歇，
来自四方的嘉宾享受喧嚣中的静谧——转经筒旋转
一则轮回的故事……
朱红的寺门封闭已久；彩色的经幡下，另一扇大门敞开，
随冲天的飞檐指向那座名叫爱情的寺庙……

熙攘的人群浮动如泡沫。美，请停留一下！
正午，抓住一缕偶然飘过的阳光，
抟成纯金的钥匙，忐忑地等待黑夜——
另一种形式的白昼——
降临，打开月亮这把银锁……

2011 年 9 月 16 日

比永远多一秒

一片啼哭的云飘过，

遮住摩天大楼的避雷针，

而我，把你肉感的短消息握在掌心，

仿佛怀抱一个盛大的节日。

我随手整理了一下身上的红毛衣，

超现实地联想到艾吕雅，

自由之手曾经疯狂地建造爱情的水晶屋。

一项必须两个人完成的事业：

生活，赶在终点站消失之前，

我无可救药地爱你，

那是情感专列对于时间钢轨的迷恋，

永远爱你，永远……

哦，不，比永远还要多出一秒！

2012 年 2 月 6 日

情人节是一首未完成的诗

你举起纤手向远方轻轻挥动，
一万朵真理的白云便开始在蓝天上奔跑，
阳光这金色的血液，灿烂依旧，
含笑迎接两颗漂泊的灵魂，
决定玉米与木耳的缠绵。

迸发于正午的爱情，在子夜
结晶为钻石，缓缓升起成月亮，
与时间骄傲地结伴而行。
情人节是一只甜苹果的感觉，
更是一个许下承诺的行囊。

微风撩起自己的裙角，飘过
嫩芽初绽的树梢；顷刻，
有一片轻纱掠过你温柔的耳骨，

触摸春天的心脏。于是，思念的闪电
击打鼻翼和笑盈盈的嘴角……

晨安！晨安！离别之伤
浸润着肉体的电波与灵魂的磁场，
思是孤独的左手，念是寂寞的右手，
期待相互握紧的瞬间。爱（你和我）
是抒情的细节，铺垫成长的叙事，

天各一方自然令人伤感，
却不能削弱关于幸福的感受：
情人节，亲爱的妻子是最好的情人，
忠诚多么朴素，又多么昂贵！
爱，只爱唯一的女人，
让婚姻的湖泊蓄满痴情的纯净水。

今夜，我不用玫瑰代言，
只想用汉语承载全部的梦想，
写下温柔的文字，直奔你的内心，
让单词的触须拥抱你的羞涩，让音节之唇

吻遍你的高贵，排列分行的诗句
催动你的血液在两颊燃烧。

零点的钟声已经响起，
我的秃笔还不曾蘸尽激情的墨汁，
禁不住发出巧克力的感慨：
情人节是一首未完成的叙事诗，
只有开头，没有结尾……

                                    2012 年 2 月 14 日

你隐匿于黑夜

你长期隐匿于情感的黑夜，宛如
一首失题的抒情诗，
看坚硬的月亮如何把星星泼溅成飞扬的海沫，
捡拾飘零的韵脚和错落的节奏，
固执地等待一场浪漫的现代主义风暴。

从梦中的婚礼退出，你是超自然的存在，
黑眼睛正闪烁诱惑的微光；
沿着你卷曲长发滑动的是蜜蜂的细脚丫，
旋转，比夕光下的夜莺多一分诚实，
也比清晨的露水少一点儿忧悒。

哦，爱人，你来自一座荆棘丛生的花园，
鬓边的暗绿展示大自然的慷慨；
你越出市场经济的尘霾，击碎丁香与蝴蝶的契约，吸入诗歌的负离子……

初春，我知道夏天对于一个女人是多么重要！

2012 年 2 月 19 日

西湖·秋天的记忆

西湖是一座液体的城市，
随方而圆，随风
成为尘世最柔软的眼泪，
也可以凝结为最坚硬的冰凌，
湖心岛是一爿坚强的肺叶。

一场大雪降临，猝不及防，
喧闹的栖霞岭尚未退却春天新织的绿蓑衣，
仿佛是对这一片水域的证明，
保持固有的沉默只是为了凸显
某种透明的存在。

在天空和大地之间，
雪花翩然飘下，那是一个个纯洁的动词
模仿天鹅，在快乐的语法中跳舞，

让世界获得一种冬天的风度

和羊脂玉的纯洁。

秋天，抒情的声音被赋予黄金的质地，

为了歌颂时间，歌颂悄然逝去而永在的往事……

思想是一道游动的门槛，

历史的脚踝来了又去，去而复来……

传说绝不仅仅是虚构，神话可以创造世界。

十八岁，不停地摁动理想的车铃，

蹬动青春的两只车轮，

把友谊与爱情惬意地挂在自行车的后座，

天空很蓝，一如湖水倒挂的风景，

没有杂质的透明，令画中的纯蓝滋生嫉妒……

弹指间，三十年人事灰飞烟灭，

断桥不断，自有残虹映照，

白堤不白，彩色的游人如织，

清澈的湖水依旧荡漾着月光的余波，

托举淡妆浓抹著称的越女……

今夜，眺望空蒙的山色笼罩不孤的孤山，

且把怀旧这壶美酒请出，

伴随飞雪的芬芳，怀抱另一个西湖，

蓦然，一种五味的液体流动，

记忆的脉管开始偾张……

2012 年 10 月 20 日

秋天的太阳

秋天的太阳，上帝
俯瞰人类的一道斜视的目光，
看
黄金的手指如何拈取
梦的灰烬。

2012 年 10 月 31 日

乡愁

乡愁是一只鸟与影子的恩怨，
它至今还记得，树枝是最初的栖息地，
河边的草丛也是，
一池澄澈的秋水是返照青春的镜子。

荷尔蒙的冲动随着羽毛在两肋下长成，
鸟又怎能不向往远方？
哦，鸟巢和影子是多么地丑陋。

生命可以充分地燃烧，
然后升起如月亮，
隐入黑夜似乎是唯一的选择。

鸟就这样毫无牵挂地告别影子，
在没有阳光的日子，

享受自由，也承担孤独，
只有憧憬，甚至连回忆也被放弃。

但是，只要有光的存在，
影子是摆脱不了的，
愁与乡也是如此，
正如词汇表里那一个熟悉而陌生的词根，故乡。

在云棘丛生的天空流浪已久的鸟，
带着一身的伤口和倦意，
战栗着飞回南方，影子轻轻搭在草丛上，
涌出了泪水……

它看见，人们正在锯割那棵童年的老树，
而树上还有回不去的鸟巢……

2015 年 4 月 8 日

衣裳街

一阵奇异的风刮过，
沙粒变成了一根根羽毛，
在九曲的弄堂中穿行，
轻叩斑驳的大红门，
激起传说的气泡，
搅动了雪溪的意识流。

谦虚的路灯依然沉默，
为小街披上一件件衣裳，
钉上纽扣，镶嵌隐秘而巨大的野心；
如同乌云缓缓展开翅膀，
将月亮搂在怀中，
一次次温习光与影的缠绵。

衣裳飘动，如同彩色的旗帜

引导一个个特殊的军团，
依次向前轻盈地走动，
这是罕见的风景，
但是符合逸出现实的想象：
白墙，彩旗，木窗，

黑色的飞檐，镂花的牌匾，
小街，电瓶车，一袭红裙飘过，
甩出一串清脆的笑声，
灰色的瓦片缝里，
一朵不知名的小花
开始诱惑附近的一抹新绿。

2015 年 6 月 2 日

小镇印象

小镇是安谧的，静到

可以听到栀子花馥郁的呼吸。

美人蕉旁若无人地开放，

哪怕是黑夜，哪怕有阔叶的阻拦，

也遮不住花瓣的骄傲；

晌午的阵雨，像一群玩累的野孩子，

早已找到自己的栖息地；

蜿蜒的廊桥氤氲着八月的暑热，

湖心亭，依稀有音乐飘旋，

还有老枞茶汤挥发着醇厚的甘冽；

路边，刺桐树伸展道德的枝杈，

与绣眼鸟一起等待伦理学盛开的花季；

夜行者不慎被余甘果的清香绊倒，

在聚龙湖畔收获红豆的秘密……

天边：淡淡的云，黑似乎也很淡，
极目处，尚有隐约闪烁的幽光；
月亮独自在空中飘浮，
犹如被繁星遗弃的一名孤儿。
茂密的樟树下，红蜻蜓踮起脚步
清点着小径的鹅卵石……
"晚上好！""您好！"
迎面问候的行人素不相识，
但发自内心的两个声音，
让漆黑的夜顷刻浸染人性的暖意；
月光照旧不语，只是携起夏季风的纤手，
轻轻拨弄沉默的湖水……

2015 年 8 月 20 日

太史公祠墓

漩涡形的磨盘石，咿呀复诵
无韵的《离骚》，坑洼的古道
犹如坎坷起伏的典籍。拾级而上，

登顶，迷雾挡住目光的归宿；
蒙古包的墓茔依崖而立，缠绕
八卦图的锦缎，抻开苍柏的遒劲。

一个名字奠定一座城池的底基，
绝不是数学的逆向运算，
更非夸大其词的谎言，而是

诗的风骨和历史的铁马金戈。
野槐花开遍山坡，写《列传》的人
早已化作《本纪》，怀抱哽咽的水声。

苦难的结石酝酿成不屈的铜铃铛，
采灵芝的皇帝最终渴死在权力的黄河，
遭阉割的太史却繁殖了文字的子嗣。

哑嗓子吼出西北的苦谣曲：
黄河的水干了，
老旧的河床遂托起新的地平线。

2016 年 5 月 1 日

龙门古渡

翠鸟蹿出暮春的紫荆花丛，
性急地报告夏天的消息：
一座铁桥脱掉了木头的皮相，
甩掉了石头的骨架，
蜷曲起后现代的心脏，
终于实现了彩虹的梦想，
飞过混浊的水流，毅然
拽起高速公路，伸入葑山的腹部。
高傲的梁山垂下头颅，
无奈观望那随着树枝和野草漂远的
另一个梦想。

在泥沙的不断推搡下，时间之水
流过历史的脊背，颠覆人类的想象。
渡船犹在，但已成为沉默的风景；

艄公不知去向，唯有
多情的诗人，在笔记本上记录着什么，
或许是号子声，或许是风的脚步，
也或许是血液的流淌……
布满砾石的河畔，一道道花枝招展的裙边
肆意飞舞，仿佛要命的缆绳
逐渐勒紧古渡的脖子。

2016 年 5 月 4 日

窑汗

窑与汗的组合出乎美的意料，
跃出常识的额际，击打迟钝的感官；
它扭断知识的细腰，
开启了思想的另一条通道：

婺州窑，自古抟土为圆，
青瓷的器皿散发乳浊的风韵，
持守一个信仰，一份决绝的憧憬，
一种深入骨髓的爱恋。

在火的启迪下，
干瘦的土坷垃渗出一滴水珠，
凝缩成晶粒，模仿液态的想象力，
证实玻璃的空灵与璞玉的坚硬。

五月，在博物馆，
窑汗牵引我回眸一瞥残损的瓷片，
蓦然醒悟：或许窑工的血液
朝着另一个方向在流淌，

恰似断崖上的一块片岩，
遽然离开母体，跌入谷底的深潭，
与水藻和青苔相伴，
卑微，但不失山石的尊严。

2016 年 6 月 20 日

喀纳斯·头道湾

湖水照亮内心的瞬间，
寂静，仿佛童年时代的友伴，
在耳畔低声叫出我的乳名，
去梦幻的林中空地玩耍；
皑皑的雪光在阿尔泰山顶隐约闪烁，
与矜持的冷杉对望。

在都市受损的记忆被唤醒，
走近朽木与根须的纠缠；
而诗歌撒开一双裸足，伴随目光同行……
哦，一定要屏住呼吸，
那样，就不会惊扰胆怯的黑松鼠，
也配得上晨雾的温柔。

生命的涟漪躲在喧嚣中逃避死亡，

而死亡的堤岸却抱紧了生命所向往的寂静。
传说中的湖怪终究是虚无的"戈多"，
让叶公好龙的游客一再失望；
一只天鹅扑棱棱飞起，抖落
白色的羽毛，炫耀蔚蓝的自由。

喀纳斯，六月的喀纳斯，
漫不经意里溅起一串细小的水珠，
泄露一个海洋的神秘，
它与脉管中的血液构成了微妙的对应；
而湖底沉睡了千年的古树，此刻
正绽放与青苔相拥的绿梦。

2016 年 7 月 3 日

喀纳斯，你还欠我一张合影

漏过云层的月光
轻轻击打水仙与勿忘我簇拥的小径，
蘑菇在断树的伤口里疯长。
天空是一位慈祥的母亲，
敞开一个更为博大、幽深的湖泊……

今夜，卸下面具的矜持，
把自己放逐给烈焰似的酒精，
放逐给芬芳四溢的羊粪蛋，
放逐给触手可及的星星……
一路驱赶清波荡漾的歌声，

犹如放牧一群调皮的野山羊。
夜幕，这黑底的铜镜
依稀映照灵魂的残缺，

心形的节疤反衬落霞的折光，

一粒松子躲在暗处哭泣：

喀纳斯，你还欠我一张合影，

一个美与孤独的拥抱……

2016 年 7 月 9 日

汤显祖

汤山头，土得掉渣的地名，
飞檐，青瓦，黄土路，鹅卵石，
木扶栏，触手便有暖流袭来……
一块倔强的石头拔地而起，
在一簇又一簇鲜红的星星中闪现。

四百岁，诗人汤显祖
确乎不再年轻，但离老朽倒也非常遥远。
一泓溪水，流过芬芳的草地，
流过峭立的山石，流过浑浊的淤滩，
依然保持晶亮的本质。

曾经是一个只在夜晚做梦的青年，
梦着梦着，像一只蝴蝶看见了庄周，
在白日里寻找何必非真的情感，

他迷上了诗歌与音乐，

被文字的蜘蛛织进了不知所起的大网……

汤显祖，四百岁的汤显祖，

有过精卫的雄心，也曾学做无头的刑天，

看破了世态炎凉、宦海的沉浮，

让夏初的柳树爱上了寒冬的梅花，

太湖石，梅根边，心似绻，鸳鸯舍……

打通了阴阳的阻隔，春心只在眉间锁：

一点深情，三分浅土，半壁斜阳，

说什么"慕色而亡"，要知道，美啊，所向披靡……

断井颓垣遮不住夜莺的啼啭，万万岁的皇帝

早已尸骨无存，牡丹的余香还在初冬弥散。

2017 年 1 月 9 日

纸醉金迷

我不迷恋金，
虽然我知道它的重要，
据说，金子可以镶嵌皇冠，
也可以装饰厕所；
但始终抵御不了纸的诱惑，
很薄，甚至薄如蝉翼，
却给我一个比世界更大的世界。

迷恋肯定是有的，对山水，对异性，
面对尘世万物的诱惑；
也曾醉过，但不是因为美酒，
是感情，但不是狭小的爱情，
我必须郑重说明，
是孤独，但不是寂寞，
是忧伤，但不是巨大的绝望，

是……不是……
省略号构成生与死的奥秘。

在革命和经济相互推搡的时代，
风花出卖了雪月，
而我依旧享受阅读和写作的奢侈。
此刻，压路机的轰隆声
在窗外响起，
潮水的人群正拥出地铁的出口，
漫过混凝土砌成的台阶。

2017 年 3 月 7 日

珞珈之秋

秋天，枫叶应该红了，
春意还在，照旧在山坡上游走，
仿佛经历了世故与人情，
一颗心依然抱守天真。

给记忆穿上文字的锦袍，
归去来兮！故园尚存，
荒草包蕴了乘化，
孤往，也不惧山高复水长。

2017 年 9 月 17 日

秋日，微醺于成都

白日有梦，踩着碎步……

猝然沦陷于成都幽曲的街巷，
而府南河却不容分说地趁势流进我的血液。
于是，我爱上这座城市的颓废或懒散，
它的确符合我的想象：
一支幽微的神曲若有似无，九眼桥恣意
散发水井坊七百余年扑鼻的浓香，

读诗的少女正与蹬三轮的车夫同行，
她和他拥有一样的谦卑或者骄傲。
一只蜗牛习惯了脚手架的吱嘎与商贩的吆喝，
静观岸边的垂柳轻叩河面的涟漪，
弓起脊背偷听恋人的私语与晚风的低吟，
聚了又散，散了又聚……

美的迷失……在熊猫被培育的基地，
曾经欢舞的蝴蝶已成为标本，
鳞翅目的生命以诡异的方式再一次呈现，
它们张开翅膀，试图穿越玻璃的隔板
飞翔。噫吁兮！难于上青天……
一次次物理的死亡换取艺术的不朽。

青羊区，新修的草堂——
一阕唐诗的太阳照亮的新词，
在规整的格律之外划出长短自由的呼吸。
好雨知时节，秋来又发生，
我端起李白的金樽，拾起杜甫的肋骨，
在一页浣花的书笺上挥洒醉意：

酒为液体的诗；而诗，乃语言的醇酒……

2017 年 10 月 20 日

施茶亭

长濂，花瓣凋落的季节，
鸟声也在风景中隐匿；
我远离都市的喧嚣，
穿过竹林，作别三圣聚的香枫，
爬上向阳的山坡，
只是为了表达一个致敬，
求证旷野里生长的伦理学。

霸道的酷吏，炫富的土豪，
行侠仗义的剑客，漂泊的浪子，
随风散作记忆的粉末；
走远途的脚夫，朝圣的香客，
赶考的举子，精打细算的商贾，
被历史的大车驮载远去；
而歇山顶的亭子还在原地，

简陋，谦逊，沉默。

我看到鹅卵石垒砌的基座，
木横梁因为老旧而显得庄重，
青条石的台阶暗自嘲笑飞檐的张扬，
想起曾经的石柱、石凳、石桌，
一壶山泉冲泡的茶汤，
六只粗瓷的大碗，
倒映出一位老人的慈悲，
一则泥土站立成大山的故事。

2018 年 1 月 18 日

樱花的消息

干旱的日子，
雾与霾被混淆的日子，
想念繁密如雨点的樱花，
仿佛青春穿着长城牌老式风衣归来，
哦，记忆可以让岁月逆转……
（我相信！）

嫩白的花瓣，粉红的花蕊，
光裸无叶的枝杈，
还有毛茸茸、鹅黄的幼芽，
一缕缕透明的阳光，
这是冬天的雪暴留给早春的遗产……
（此处存疑。）

时间依墙而立，笑看

人脸与花瓣进行美的竞赛……
夏天的湛蓝与暑热正在被孕育。
请带上一本薄薄的诗集，
为落地的花瓣读一读风声和鸟鸣，
预报秋天的好消息。
（咦，或许是坏消息呢……）

2018 年 3 月 4 日

死亡其实是一场虚构

一

春天是一个凶险的季节:

死亡的消息比山上的蔓草繁殖得更快,
肆意吞噬觊觎已久的人和物,
长者仙逝, 友人离去,
唯有流冰在解冻的江面徘徊……

雪花是寒冬的遗腹子, 四下飘飞,
随即隐没……
诡谲的荆棘伸出隐形的小爪子,
推送迎春花盛开的假象。

月亮如同一枚精巧的鱼钩,

在虚缈的天空等待自愿上钩的游鱼，
星星落进了菰城的女儿墙，
打捞者收获的却只有苕溪的水珠。

死亡其实是一场虚构：

生命是一柄时间的折叠扇，
打开或者收拢，
季节之手决意掀起隐秘的狂欢，
太初有词，语言左右了世界。

二

乍暖还寒，羽绒的服
和羊毛的装，一起落荒而逃……

春天，一个凶险而多情的季节，
死亡也不过是一场虚构……

                              2018 年 3 月 27 日

223

愚人节

一

四月有一个呆傻的开头，
梨花与杏花联袂开放
也无法阻止春天坠入桃花的胭脂红；
霾的粒子比网络的幽灵更执着，
仍然围绕谎言的铁栅栏徘徊，
而雾的真相却潜伏在野荠菜脆弱的根蒂。

二

黄昏，耳畔响起瘸腿道人的
《好了歌》，唯有功名忘不了……
难得糊涂，啊，难得糊涂，

糊涂的智慧多么罕见：
人们总羡慕一休的聪明，
而忽略了可怜的身世和佯狂的修为。

三

一艘帆船在未名的大海漂泊，
放弃了驶向新大陆的航行，
任凭鸥鸟与礁石争夺海水的所有权。
愚痴是航标灯的基座，并不问善恶美丑；
盐的智慧沉淀于海洋的深处，
而泡沫已混入波涛，搅拌海面
并发出咆哮……

2018 年 4 月 1 日

225